W0346153

Plötzlich Glückspilz

Bobbie Pyron

Plötzlich Glückspilz

Aus dem Englischen von Gerda Bean

THIENEMANN

Für Miss Bettis,
die immer an mich geglaubt hat.

»Es gibt zwei Arten, sein Leben zu leben:
Entweder so, als wäre nichts ein Wunder, oder
so, als wäre alles eines.«

Albert Einstein

Kapitel 1

Jeder in Paradise Beach würde dir sagen, wenn einer der 313 Einwohner jemals vom Blitz getroffen würde – von einem klaren blauen Himmel herab an seinem Geburtstag –, dann wäre diese Person Nathaniel Harlow.

Denn war es nicht Nate passiert, dass sein Jagdhund samt Hundehütte und allem von einem Tornado mitgerissen und nie wieder gesehen wurde? Und war es nicht Nate, der in seinem ganzen elfjährigen Leben auf Gottes grüner Erde noch nie beim Münzenwerfen und Raten von Kopf oder Zahl gewonnen oder in einer Popcorn-Schachtel eine Überraschung gefunden hatte?

Pech schien Nate Harlow an den Fersen zu kleben wie früher sein Hund, der verloren gegangen war. Magerer als die meisten Jungen und mit hochgezogenen Schultern gegen das Pech, das auf ihn niederprasselte, hatte dieser Junge einfach kein Glück.

Nate erwachte an dem Frühlingsmorgen seines elften Geburtstags mit einem unerklärlich leichten und kribbeligen Gefühl in der Brust. Er lag unter seiner Decke und lauschte. Er hörte seinen Großvater auf dem Sofa ihres Wohnwagens schnarchen. Er hörte, wie sich die Spottdrossel in der Magnolie vor seinem Schlafzimmerfenster die Seele aus dem Leib sang. Er hörte das Summen des Kühlschranks und das gleichmäßige *Pochpochpoch* in seiner Brust. Er hörte jedoch nichts, was ein Grund für den winzigen Hoffnungsfunken gewesen wäre, der wie eine Motte in seinem Herzen herumschwirrte.

»Aber es ist doch mein elfter Geburtstag!«, erklärte er der Drossel. »Es ist mein *elfter* Geburtstag am *elften* April. Das hat doch was zu bedeuten!«

Nate tat jeden Morgen, nachdem er der Spottdrossel gelauscht hatte, drei Dinge.

Als Erstes zog er seinen Glücksbringer, die Kaninchenpfote, unter dem Kopfkissen hervor. Sein Großvater hatte sie ihm an seinem fünften Geburtstag geschenkt. Nate war kurz davor zu ihm gezogen. Die Pfote, die einmal blau wie der Himmel und ganz mit Fell überzogen war, hatte sich inzwischen braun verfärbt und war vom vielen Rubbeln fast kahl geworden.

Als Nächstes berührte er das Foto seiner Eltern auf dem Nachttisch und sagte: »Guten Morgen. Ich vermisse euch immer noch.« Als Nate vier war, wurden seine Mutter und sein Vater, die in ihrem ganzen Leben keinen Tropfen Alkohol angerührt hatten, bei einem

Frontalzusammenstoß von einem betrunkenen Fahrer getötet. Da war Nathaniel Harlow zum ersten Mal bewusst geworden, dass sich das Leben blitzschnell verändern kann.

Und als Letztes steckte Nate die Kamera, die ihm sein Großvater zum neunten Geburtstag geschenkt hatte, in seine Tasche.

War der größte Pechvogel von Paradise Beach ein zukünftiger Fotograf, der einmal berühmt und erfolgreich sein würde? Nicht ganz. Nate machte Fotos – viele, viele Fotos –, aber nur von einzelnen Schuhen, die sich auf geheimnisvolle Weise von ihren Partnern getrennt hatten. Ein Flipflop mitten auf der Landstraße 102, ein Arbeitsstiefel, der einsam und verloren am Rand des Highway 98 lag, ein Tennisschuh, der unter dem Henderson-Pier angespült worden war. Früher hatte er diese verwaisten Schuhe aufgehoben und mit nach Hause genommen, weil er hoffte, dass irgendwann der glückliche Tag käme, an dem er auf wundersame Weise den anderen Schuh finden und das Paar wiedervereinen könnte. Das ging so lange, bis der kleine Wohnwagen von Schuhen überschwemmt war.

Nate zog seine Shorts an und stapfte ins Wohnzimmer. Sein Großvater seufzte und prustete im Schlaf.

Nate setzte Wasser auf für den Kaffee des Großvaters, machte Toast und schenkte sich ein Glas Milch ein. Das leichte, kribbelige Gefühl blieb in seiner Brust, obwohl die Milch sauer geworden war und der Toaster die Brotscheibe verbrannt hatte. Wieder einmal.

War es nicht im Grunde Glück, dass sein Geburtstag – sein *elfter* Geburtstag – zum allerersten Mal auf einen Samstag fiel? Und war es nicht ein Glück, dass niemand mit dem Großvater und seinem Boot, der *Süßen Jodie*, zum Hochseefischen hinausfahren wollte? Dass er stattdessen versprochen hatte, Nate und seine beste (und einzige) Freundin Genesis Beam zum Minigolfplatz zu bringen?

»Vielleicht habe ich plötzlich Glück«, hatte Nate abends zu Gen gesagt. »Mein Geburtstag war noch *nie* an einem Samstag *und* es ist mein elfter Geburtstag am elften Tag des Monats.«

»Das hat mit den Regeln der Wahrscheinlichkeitsrechnung zu tun«, hatte Gen geantwortet, als das erste Glühwürmchen des Abends blinkte und wieder verschwand. Genesis Beam glaubte nicht an Glück oder Pech. Sie glaubte an die Regeln der Wahrscheinlichkeitsrechnung und verließ sich auf die höhere Macht der Logik.

»Ja, aber bei Opa hat niemand eine Angelfahrt gebucht«, sagte Nate.

»*Niemand* bucht samstags eine Angelfahrt. Schon seit ewigen Zeiten nicht mehr. Das weißt du.«

Es stimmte: Eine Pechsträhne ließ die Charterboote und ihre Mannschaften auf dem Trockenen sitzen.

»Wenn wir mit einem Durchschnitt von zweiundfünfzig Samstagen im Jahr rechnen und sie mit den elf Jahren, die du am Leben bist, multiplizieren, kommen wir auf 572 Samstage. Die Chancen, dass einer deiner Geburtstage auf einen Samstag fällt, stehen also ziemlich gut.«

»Aber –«

»Auf die Chancen kommt es an, Nathaniel, nicht auf das Glück. Bei allem. Hier«, sagte Gen, »ich beweis es dir.« Sie warf eine Münze in die Luft und klatschte sie dann auf ihren Handrücken. Und wie schon tausendmal zuvor, fragte sie: »Kopf oder Zahl?«

Nate seufzte. »Kopf.«

Sie zog die Hand zurück. »Zahl«, verkündete sie und warf die Münze wieder hoch. »Kopf oder Zahl?«

»Muss ich?«, fragte er. Gen funkelte ihn durch ihre dicken Brillengläser an. »Zahl«, sagte er.

»Es ist Kopf. Hat aber nichts zu bedeuten.«

Nate schlug nach einer Mücke.

Eine ganze Stunde lang warf Gen die Münze in die Höhe und fragte: »Kopf oder Zahl?« Und Nate gab Antwort.

Er lag ununterbrochen daneben. *Dreiundfünfzigmal.*

Und wie immer sagte sie: »Mit der Münze kann irgendwas nicht stimmen. Wenn man eine Münze hundertmal in die Luft wirft, besteht die Chance, dass man so zwischen vierzig- und sechzigmal Kopf kriegt. Wenn man eine Münze zweimal hochwirft, ist die Chance, beide Male Kopf zu bekommen, gleich ein halbes Mal mal ein halbes Mal gleich ein Viertel. Und die Chance, dreimal hintereinander Kopf zu kriegen, ist gleich –«

»Aber ich hab dreiundfünfzigmal falsch geraten!«

»Das ist praktisch unmöglich«, sagte Gen und wühlte in ihrer Tasche. »Laut Wahrscheinlichkeitsrechnung –«

Er seufzte. Manchmal war es schwer, das klügste Mädchen in ganz Franklin County zur besten Freundin zu haben.

»Lauf schon mal runter zu Gen!«, sagte der Großvater, nachdem er die zweite Tasse Kaffee ausgetrunken hatte. »Ich packe inzwischen die Kühltasche mit Limonade und anderen Dingen voll.«

Nate ließ die Fliegengittertür zuschlagen. »Oh, und sag Mrs Beam, dass ich eine Menge Fische für sie habe«, rief der Großvater ihm hinterher.

Nate ging die Straße der Wohnwagensiedlung Magnolie entlang. Der liebliche Duft der Bäume folgte ihm. Die Scherben der Austernschalen auf der Straße schimmerten weiß in der Morgensonne und knirschten unter seinen roten Basketballschuhen.

»Guten Morgen, Nate!«, rief Miss Trundle von der Holztreppe ihres Wohnwagens aus. Sie winkte. Auch das Fleisch unter ihrem Arm winkte.

Nate blieb stehen, um eine ihrer fünfzig Millionen Katzen zu streicheln. »Hi, Miss Trundle. Ich hab heute Geburtstag!«

»Ich weiß.« Sie strahlte. »Du bist elf geworden. So ein großer Junge! Es kommt mir vor wie gestern, als du hergezogen bist, um bei deinem Großvater zu leben, nachdem deine Eltern gestorben waren. Gott hab sie selig!«

»Ja, Miss Trundle«, sagte Nate. Und bevor sie aufzählen konnte, was ihr sonst noch alles wie gestern vorkam, rannte er weiter.

Am Ende der Siedlung rief Mr Wood von seiner Veranda aus: »Alles Gute zum Geburtstag, Nate!«

Er kam auf den Austernschalen schlitternd zum Stehen. »Danke. Wie geht es Ihnen heute?« Mr Woods uralte Chihuahuas Toots und Monk bellten hinter der Fliegengittertür.

Der alte Mann rieb sich das Bein. »Mein eines Knie macht mir wieder mal Kummer. Wahrscheinlich ändert sich das Wetter.«

Eine salzige, nach Fisch riechende Bö aus dem Golf von Mexiko ließ das Windspiel im Baum von Mr Wood klirren. Mr Wood hatte Windspiele aus vielen verschiedenen Dingen – aus Flaschen, Muscheln, Blechtassen, alten Gabeln und Messern. Und alles hing an Treibholz.

Nate schaute in den Himmel. Er war so blau und wolkenlos, wie er nur sein konnte. »Ich weiß nicht. Das Wetter sieht doch ziemlich gut aus.«

Mr Wood winkte ab. »Dann lauf jetzt weiter und feiere deinen Geburtstag schön!«

Und Nate lief los. Er verließ den Austernschalenweg und rannte durch das Kiefernwäldchen, bis er die rote Lehmstraße erreichte, die zur Kirche des Einen Wahren Erlösers und Ewigen Lichts führte. Die Doppeltür der weißen Holzkirche stand offen und Kinderstimmen sprudelten aus dem Innern. Er nahm zwei Stufen auf einmal. »Hey, Gen!«, rief er in das Gewusel hinein.

»Nate!« Zwei genau gleich aussehende kleine Mädchen in genau gleich aussehenden Sommerkleidern quietschten im Duett. Sie rannten um die Wette, den langen Gang von der Kanzel bis zum Eingang entlang. Sie warfen sich auf ihn, die dunkelbraunen Hände zupften an seinen Haaren und drückten seinen Hals. »Alles Gute zum Geburtstag, Nate!«

Er legte einen Arm um jede Schulter und grinste. »Danke, Ruth. Danke, Rebecca.« Alle fanden Nate ein bisschen zu klein und mager, aber wenn er mit Ruth und Rebecca zusammen war, fühlte er sich zwei Meter groß.

Die Mädchen packten seine Hände. »Wir haben den ganzen langen Tag auf dich gewartet«, sagte Ruth und hüpfte auf den Zehenspitzen.

»Wir haben dir eine Karte gebastelt, und Mama hat auch was Besonderes gemacht«, sagte Rebecca.

Die Zwillinge zogen ihn an den abgenutzten Kirchenbänken vorbei, hinter die Kanzel und die steile Treppe zu den Wohnräumen der Familie Beam hinauf. Es duftete nach Vanille und Schokolade.

»Nate ist da, Mama!«, verkündete Ruth. »Können wir jetzt die Törtchen essen?«

»Bitte!«, sagte Rebecca.

Mrs Beam lächelte. »Herzlichen Glückwunsch zum Geburtstag, Nate.« Dann sah sie die beiden sechsjährigen Mädchen, die von einem Fuß auf den anderen hüpften, streng an. »Nein, ihr könnt die Törtchen jetzt *nicht* essen!« Die braunen Augen der Zwillinge wurden traurig.

»Es ist *Nates* Geburtstag!«, rief Gen vom Sofa aus. »*Er* kriegt das erste.«

Ruth, das künstlerisch begabte Zwillingsmädchen, reichte dem Jungen eine riesige Karte aus braunem Papier, die sie mit Herzen und Kätzchen geschmückt hatte. »Ich hab dir zum Geburtstag ein Meisterwerk gemalt, Nate! Gefällt's dir?« Bevor er antworten konnte, wirbelte Ruth aus dem Raum.

Rebecca zog an seiner Hand. »Ich hab dir zum Geburtstag was gedichtet«, flüsterte sie schüchtern.

Nate schlug die Karte auf und las:

Rosen sind rot, am Himmel sind Raben.
Was für ein Glück,
dass wir dich haben!

Nate grinste. »Danke, Rebecca. Das ist das schönste Gedicht, das mir je einer geschrieben hat.«

»*Eine*«, verbesserte ihn Gen, die in die Küche kam. Sie reichte Nate eine Tüte. »Alles Gute zum Geburtstag!«

Nate zog ein Buch mit dem Titel *Die Geheimnisse der Unechten Karettschildkröten Floridas* heraus. Er grinste und strich über den Einband des Buches. »Das ist toll, Gen. Wir können es zusammen lesen, weil die Schildkröten ja bald kommen werden.«

»Ich habe es schon dreimal gelesen und kann es so gut wie auswendig«, sagte Gen und zuckte mit den Schultern. »Aber ich helfe dir dabei.«

Auf der Treppe polterten Schritte. Zwei genau gleich aussehende kleine Jungs, die zwei Jahre jünger waren als die Zwillingsmädchen, stürmten in die Küche. Ja, Mrs Beam hatte zwei Zwillingspärchen hintereinander bekommen. Die Chancen, dass so etwas passierte, standen eins zu zwölf, wie Gen erklärte.

»Ist es Törtchenzeit?«, fragte Joshua.

»Leviticus, Joshua«, sagte Mrs Beam. »Wascht euch erst mal die schmutzigen kleinen Hände, bevor ihr an Essen denkt.«

»Och, Mama«, jammerte Leviticus.

»Hör auf deine liebe Mutter, mein Sohn«, sagte eine Stimme, so laut und kräftig wie die vom lieben Gott. Pfarrer Beam füllte die Küche aus. Er legte eine große Hand auf Nates Schulter. »Herzlichen Glückwunsch zum Geburtstag, junger Mann!«

Nate schaute hoch in das Gesicht des Pfarrers und lächelte. »Danke.« Neben seinem Großvater und Genesis gehörte Pfarrer Beam zu seinen liebsten Menschen auf der Erde.

»Hab dich und deinen Großvater lange nicht in der Kirche gesehen«, sagte Pfarrer Beam wie immer.

»Ja«, erwiderte Nate wie immer. »Aber Opa sagt, wir kommen, sobald wir können. Die Pompano-Fische sind unterwegs und Opa hat eine Menge zu tun.« Was, wie sie beide wussten, reines Wunschdenken war.

Der Pfarrer lachte so saftig wie der Schokoguss auf den Törtchen. »Und anschließend sind die Makrelen unterwegs, und dann die roten Schnapper und ...« Er hatte recht. Das Leben der Angler am Golf von Mexiko wurde von den Fischen geregelt, die zu bestimmten Zeiten vorbeizogen.

Nate hatte seinen Großvater einmal gefragt, warum sie im Gegensatz zu den meisten Leuten in Paradise Beach fast nie in die Kirche gingen. Schließlich gab es in ihrem Städtchen ein Gotteshaus für jeden Glauben. Sogar eine nagelneue Synagoge. Der Großvater hatte den letzten Eimer mit Fischköder auf den alten grünen Pritschenwagen geladen. Er hatte in die Sonne geblinzelt und gesagt: »Doch, tun wir, mein Junge. Wir beten mit Mutter Natur in der Heiligen-Makrelen-Kirche.« Nate war trotzdem froh, dass es – wenn sie ab und zu doch einmal in eine richtige Kirche gingen – die Kirche des Einen Wahren Erlösers und Ewigen Lichts war.

Mrs Beam steckte eine gelbe Kerze in die Mitte des größten Törtchens mit Schokoladenguss. Sie zündete sie vorsichtig an. »Wünsch dir was, Nate!«, sagte sie.

Er starrte auf die Kerze.

»Wünsch dir ein Einhorn!«, sagte Ruthie.

»Wünsch dir ein Kätzchen!«, empfahl ihm Rebecca lächelnd.

»Einen Roboter!«, schrie Levi.

»Ein Fahrrad!«, brüllte Joshua.

»Pst!«, machte Mrs Beam. »Es ist Nates Wunsch.«

Gen verdrehte die Augen. Sie glaubte nicht an Geburtstagswünsche, und Nate war sich nicht sicher, ob er selbst daran glaubte. Er hatte es eigentlich aufgegeben, sich beim Anblick einer Sternschnuppe etwas zu wünschen, und er hatte noch nie ein vierblättriges Kleeblatt gefunden. Er besaß allerdings einen Glücksbringer, die Kaninchenpfote, obwohl Gen ihn immer wieder darauf aufmerksam machte, dass dieses Kaninchen kein Glück gehabt hatte. Nate fand, dass ihm das Glück äußerst selten begegnete. Trotzdem meinte er, dass das Wünschen nicht schaden könnte, und holte tief Luft.

Er schloss die Augen und fuhr mit dem Daumen über die kleine Kaninchenpfote. *Bitte, bitte lass heute etwas Glückliches passieren!* Alle hielten den Atem an und sahen mit großen Augen zu, wie Nate lange und kräftig pustete. In diesem Luftstrom wurde erstens der Wunsch mitgerissen, nur einmal im Leben richtig Glück zu haben, und zweitens die Einsicht, dass seine Geburtstagswünsche sich *nie* erfüllt hatten und die Flammen der Kerzen *nie* ausgegangen waren, egal wie kräftig er gepustet hatte.

Aber diesmal, an Nate Harlows elftem Geburtstag am elften April, war von der tanzenden Flamme der Kerze am Ende nur noch ein wellenförmiger dünner Rauchschwaden zu sehen.

Kapitel 2

Nates Großvater parkte sein Auto mit Schwung vor dem Minigolfplatz und wischte sich mit seinem roten Halstuch die Stirn. Die heiße Luft flimmerte über dem Asphalt.

»Uff, ist das heute eine Affenhitze!«, sagte er. »Gut, dass wir die Kühltasche voller Eis und Getränke haben.« Nate stieg aus und blinzelte den riesigen grünen Dinosaurier an, der nur darauf lauerte, jeden Golfspieler zu fressen, der es wagte, ihm zu nah zu kommen. Ein schiefer Vulkan spuckte Rauchschwaden aus und das Maul eines Alligators öffnete sich knarrend und klappte wieder zu.

»Hier ist etwas Geld zum Golf spielen«, sagte der Großvater. »Die Kühltasche steht auf dem Vordersitz. Ich geh über die Straße zu June. Wenn ihr fertig seid, kommt ihr einfach rüber. Ich spendiere uns allen Cheeseburger und Eiscreme.«

Sogar Gen strahlte bei dieser Ankündigung. Im Café *Junes Veranda* gab es die besten Cheeseburger von ganz

Paradise Beach und wahrscheinlich sogar vom ganzen Bezirk.

Nate und Gen stellten sich in die Schlange der anderen Jugendlichen, um sich Golfschläger, Karten zum Aufschreiben der Ergebnisse, Bleistifte und bunte Golfbälle zu leihen.

Ricky Sands, der beliebteste Junge der fünften Klasse, zeigte auf Nate und lachte. »Schaut mal, wer mit seiner Freundin da ist! Kurzer MacFurzer. Er braucht keine Karte, der Loser.« Die beiden Mädchen rechts und links neben Ricky kicherten.

Nate schaute auf das Loch in einem seiner roten Basketballschuhe und zog die Schultern bis zu den Ohren hoch.

Gen reckte das Kinn und funkelte Ricky an. »Ich bin *nicht* seine Freundin«, sagte sie. »Und Nathaniel kann genauso gut gewinnen wie alle anderen.«

Ricky schüttelte den Kopf. »Klar, dass die irre Pfarrerstochter einen Loser verteidigt.«

Nate schaute Gen von der Seite an und lächelte. »Irre und Loser halten zusammen«, murmelte er.

»Durch dick und dünn, amen«, sagte sie und beendete den Satz, der ihr Motto war.

»Welche Farben für die Golfbälle?«, fragte der Mann in der Bude, als Nate und Gen ans Fenster traten.

»Gibt es grüne?«, wollte Gen wissen.

Nate stöhnte.

Der Mann seufzte. Die lange Asche am Ende seiner Zigarette krümmte sich und fiel auf die Theke. »Ihr wisst, dass es keine grünen gibt«, sagte er. »Das haben wir euch schon beim letzten Mal gesagt. Rote, gelbe, schwarze und blaue. Die gibt's, die haben wir immer gehabt.«

»Ich nehme rote«, sagte Nate.

Gen zupfte am Pflaster, das ihre Brille zusammenhielt. »Ich mag keine roten.«

»Dann nimm gelbe«, sagte er und versuchte, unheimlich geduldig zu sein.

»Das ist ein unruhiges Gelb«, sagte Gen.

Nate holte tief Luft und zählte bis zehn. »Dann nimm eben schwarz.«

»Aber –«

»Nun macht schon!«, rief jemand in der Schlange, die sich hinter ihnen bildete. »Los, bewegt euch!«

»Gen, *bitte!*«, flehte Nate sie an. Warum, oh, warum konnte sie sich nicht ein einziges Mal wie ein normaler Mensch verhalten?

Gen packte den schwarzen Golfball und stapfte zum ersten Loch.

»Das erste Loch ist das einfachste«, sagte Nate und legte seinen Ball auf den von Motten zerfressenen grünen Filz. Er schlug ihn über die Piste, die Rampe hoch, über den Graben, der mit schleimigem grünem Wasser gefüllt war, eine zweite Rampe hinunter und in den weit geöffneten Rachen eines grinsenden Alligators. Der Ball verschwand mit einem zufriedenen *Klonk*.

»*Ja!*« Nate stieß den Golfschläger in die Luft. »Anscheinend habe ich plötzlich Glück.« Er streckte Gen die Hand zum Abklatschen entgegen. Aber Genesis Beam gab keine Fünf.

»Hmpf.« Sie runzelte die Stirn und fasste die Rampe und den Graben ins Auge. »Dass man plötzlich Glück oder Pech hat, gibt es nicht.« Sie holte mit ihrem Schläger aus. Der Ball fiel in das schleimige, stinkende Wasser.

»Das ist Pech«, sagte Nate. »Jetzt musst du deinen Ball retten.«

Sie weigerte sich. »Das Wasser ist bestimmt mit Malaria-Bakterien verseucht.« Ohne sich noch einmal umzuschauen, marschierte Gen zum nächsten Loch.

Nate seufzte und fischte den Ball aus dem Graben. Am Vulkan, wo sie hinter Ricky warten musste, holte er sie ein.

Ricky Sands musterte den struppigen Hang des Vulkans bis zur verkrusteten Öffnung einer Höhle. Er zwinkerte der kleinen Mädchenschar zu. Dann drückte er seinen mageren Brustkorb heraus und schlug den Ball ab, der den Hang erklomm und in die Höhle rollte, wo er in einen Behälter fiel.

»*Ja!*«, krähte Ricky. »Eingelocht mit dem ersten Schlag!« Flammen schossen aus dem Vulkan.

Ricky machte Platz für Nate. »Und jetzt passt auf den Loser auf!« Die Mädchen kicherten wieder.

Nate spürte, dass seine Ohren rot wurden. Er schlug den Ball in den einzigen Miniaturbaum neben dem Vulkan. Der Ball prallte vom Baum ab und fiel in die Öffnung. Der Vulkan hustete und rülpste Rauchschwaden.

Gen wischte sich einen Aschefleck von der Latzhose. »Okay, Nathaniel. Als Nächstes kommt die Windmühle dran, und mit der werde ich spielend fertig.«

Ricky Sands und sein weibliches Gefolge wurden *überhaupt nicht* mit der Windmühle fertig. Er fluchte und schmiss seinen Golfschläger auf den Boden. Der Mann, der die Schläger und Bälle verlieh, brüllte, er solle aufpassen, was er sagt, sonst müsse er den Platz verlassen.

Gen ging zu Ricky und klopfte ihm leicht auf den Arm. »Eine Umdrehung braucht zwölf Sekunden, und die Windmühle hat vier Flügel. Die Zeit zwischen Flügel drei und vier beträgt null Komma achtundfünfzig Sekunden, also –«

»Halt die Klappe!«, schnauzte Ricky sie an.

Sie taumelte rückwärts, stolperte über den Plastikbaum am Vulkan (der sofort Rauchwolken ausstieß) und fiel mit dem Po voran in den schleimigen, stinkenden, malariaverseuchten Graben.

Gen wimmerte und flatterte mit den Händen, als ob sie sich fliegend aus ihrer misslichen Lage befreien wollte.

»Hab ich's nicht gleich gesagt?«, fragte Ricky. »Eine Irre.«

»Du hättest sie nicht so anzuschreien brauchen«, giftete Nate zurück. »Sie wollte dir doch nur helfen!«

Ricky verdrehte die Augen. »Ich brauche ihre Hilfe so wenig wie einen Kropf.« Die Mädchen lachten, als hätten sie in ihrem ganzen Leben noch nie so etwas Witziges gehört.

Nate warf seinen Golfschläger hin (was ihm eine gebrüllte Warnung vom Mann in der Hütte einbrachte) und empfahl Ricky, die Fliege zu machen.

»Komm, Gen, beruhige dich!«, sagte er und zog sie aus dem Graben.

»Ich hab am ganzen Körper Malaria«, jammerte sie, »und muss noch *vor* meinem nächsten Geburtstag sterben!«

Nate gab sich alle Mühe, den grünen Schleim von ihrer Jeans zu wischen. »Nein, das glaube ich nicht. Sie tun bestimmt alle möglichen Insektenvernichtungsmittel und solche Sachen ins Wasser, um die Bazillen abzutöten.«

Ihre Augen wurden groß. »*Insektenvernichtungsmittel?* Hast du eben *Insektenvernichtungsmittel* gesagt? Das ist ja noch schlimmer! Dann krieg ich Krebs oder ein drittes Auge oder …« Sie stöhnte.

Nate seufzte. Das Minigolfspielen an seinem Geburtstag lief nicht gut. Er schaute in den Himmel, in den blauen, blauen Himmel und fragte: »Warum ich?«

Und ganz weit in der Ferne, über dem Golf von Mexiko, grummelte ein Gewitter.

»Okay, Gen, das letzte«, sagte Nate und starrte in das große aufgerissene Maul des Tyrannosaurus Rex, der nur darauf wartete, jemandem – vor allem einem glücklosen Jungen –, der es wagte, den Ball mit einem einzigen Schlag einzulochen, den Kopf abzubeißen. Weil jeder, der den Ball beim Tyrannosaurus Rex mit einem einzigen Schlag einlochte, eine Runde Minigolf umsonst spielen durfte. Das war in ganz Paradise Beach bekannt und etwas, das Nate in seinem elfjährigen Leben auf Gottes grüner Erde noch nie passiert war.

Er grub tief in seiner Brust und fand einen winzigen Hoffnungsschimmer.

Als er seinen Golfball auf das Abschlagfeld setzte und auf den langen grünen Streifen zwischen sich und dem T. Rex schaute, entfuhr dem Maul des Dinosauriers so etwas Ähnliches wie ein gurgelndes Gebrüll. Seine

Kiefer öffneten und schlossen sich knarrend und die kleinen Arme hoben und senkten sich ruckartig.

Nate schauderte. Er holte tief Luft und packte seinen Golfschläger. »Das ist meine letzte Chance«, murmelte er. »Meine letzte Chance, den Ball auf Anhieb reinzukriegen und allen zu zeigen, dass ich kein Loser bin.«

Er wusste, dass ein Wunder nötig wäre, den Ball mit einem einzigen Schlag ins Loch zu befördern. Aber redete Pfarrer Beam nicht ständig von Wundern? Von der Tortilla, die das Gesicht von Jesus trug? Von Lazarus, der von den Toten auferstanden war? Von Jona im Wal?

Nate spürte, wie ein merkwürdiger Windstoß ihn von hinten schob und vorwärtstrieb.

»Oh, bitte friss mich nicht, Mister Dinosaurier!«, rief Ricky mit hoher Mädchenstimme.

Nate holte noch einmal tief Luft. Er schaute in den klaren blauen Himmel von Florida und bat denjenigen (wer auch immer), der über glücklose Jungen wachte: »Bitte! Nur das eine Mal, bitte!« Er kniff die Augen zusammen und hob den Golfschläger mit Schwung über seine Schulter. Der Schlägerkopf funkelte in der Sonne.

»Das schaffst du«, sagte Gen. »Deine Chancen stehen besser, weil –«

Nate hörte nicht, warum seine Chancen besser standen, denn im selben Augenblick erschütterten der hellste

Blitz und ein Donnerschlag so laut wie die Stimme Gottes Nates Welt. Danach war es, als ob ihn die Hand Gottes packte, und zwar nicht gerade sanft, ihn hoch in die Luft wirbelte und ihn dem König der Dinosaurier vor die Füße warf.

Das Letzte, was Nate sah, waren die knarrenden Kiefer des T. Rex, die sich vor ihm schlossen. Das Letzte, was er dachte, war, dass Geburtstagswünsche *nie, nie* in Erfüllung gingen.

Dann spürte er, dass er von tausend Fäden, die so fein wie Spinnweben waren, in die Höhe gezogen wurde. Die Fäden zogen ihn durch seine Brust, seinen Bauch, seine Arme und Beine und am Ende mit dem *Blubb* einer Seifenblase aus seiner Haut.

Er schwebte durch die Luft, in der tausend Millionen Lichter funkelten. Es war, als ob sich sämtliche Glühwürmchen der Vereinigten Staaten von Amerika um ihn versammelt hätten. Sie kitzelten ihn an den Armen, dem Kopf und an seiner Brust. Sie erfüllten ihn mit einem freudigen und friedlichen Gefühl.

Musik ertönte ringsum und trug ihn wie die wunderschönsten Engel, die ihm alle gleichzeitig etwas vorsangen, oder wie der Chor der Kirche des Einen Wahren Erlösers und Ewigen Lichts, nach oben.

»Er hat keinen Puls mehr!«, rief eine Stimme von unten.

Nate schaute auf die Leute herab, die sich um einen menschlichen Klumpen drängten.

»Kann mal jemand über die Straße laufen und seinen Großvater holen?«, schrie eine andere Stimme.

»Rufen Sie die 911 an!«, brüllte Ricky Sands dem Mann in der Hütte zu.

Nate konnte sich beim besten Willen nicht vorstellen, was der Zirkus sollte. Er fühlte sich gut. Sogar besser als je zuvor.

Jemand schob sich durch die Menge und kauerte sich neben ihn. Ihm wurde warm ums Herz. *Gen, die Gute.*

Er sah, dass sie ihm die Nase zuhielt und dann ihren Mund auf seinen drückte.

»Iiiieh!«, kreischte eines der Mädchen. »Sie küsst ihn!«

Gen legte die Hände übereinander, drückte auf seinen Brustkorb – *eins zwei drei eins zwei drei eins zwei drei* – und atmete wieder in seinen Mund.

»Verlass mich nicht, Nathaniel Harlow!«, befahl sie.

Er hörte das Heulen einer Sirene in der Ferne. Er sah, dass sein Großvater über die Straße rannte. Er spürte, wie das Herz seines Großvaters in seiner Brust hämmerte. Nate wollte ihm so gerne sagen, dass alles okay war.

Der Großvater warf sich neben ihn auf die Erde und rief immer wieder seinen Namen. Nate staunte über die Tränen, die dem alten Mann über das Gesicht liefen. Er hatte seinen Großvater nie weinen gesehen, außer, als seine Eltern starben.

»Komm schon, Nathaniel!«, sagte Gen, während sie weiterpumpte. »Loser und Irre halten zusammen!«

Mit jedem Atemzug, den Gen in seinen Mund stieß, und mit jedem Ruf seines Namens spürte er, wie die Fäden, die ihn oben hielten, rissen. Einer nach dem anderen – *Ping! Ping! Ping!* –, bis er merkte, dass er fiel. Er fiel und fiel. Zurück in seinen geschundenen Körper.

Kapitel 3

Als Nate die Augen aufschlug, sah er zweierlei: das besorgte, wettergegerbte Gesicht seines Großvaters, der sich über ihn beugte, und eine kompliziert erscheinende Maschine, an der Lichter und Zickzacklinien blinkten.

Der Großvater umklammerte die Hand seines Enkels und sagte etwas, das Nate nicht verstand. Seine Stimme schien aus einem weit entfernten Ziehbrunnen zu kommen.

»Was ist, Opa? Ich kann dich nicht hören.« Nate leckte sich die Lippen und schmeckte Blut.

Der Großvater kam ganz nah und schrie: »Du bist im Panama City Hospital, mein Junge. Auf dem Minigolfplatz hat dich der Blitz getroffen.«

Minigolf. Der T. Rex und sein Geburtstag. Ein lauter Knall und ein Blitz, der heller als hell war. Ein gleitendes, schwebendes Gefühl. Alles kam in Windeseile zurück.

Er fuhr sich noch einmal mit der Zunge über die

Lippen. »Gen«, wisperte er. »Ist Gen okay?« Jedes Mal, wenn er etwas sagte, fühlte es sich an, als ob ihm jemand mit dem Golfschläger auf den Schädel haute.

Der Großvater drückte Nate die Hand und nickte. »Es geht ihr gut. Sie hat dir das Leben gerettet, weil sie sich mit Reanimation auskennt. Sie liest doch viel von solchen Dingen.«

Nate versuchte zu nicken. Gen war ein wandelndes medizinisches Lexikon, das stand fest.

Er konnte sich vage daran erinnern, dass sie sich über ihn gebeugt und auf seinen Brustkorb gehauen hatte.

Er wollte seinen Großvater fragen, ob er in einem Krankenwagen mit heulender Sirene und Rotlicht gefahren war. Das hätte Ricky Sands und die kichernden Mädchen beeindruckt.

Aber Nate war müde und fror und der Kopf tat ihm furchtbar weh. Er machte lieber die Augen zu und hielt die raue warme Hand seines Großvaters ganz fest.

Kapitel 4

Als Nate die Augen wieder öffnete, sah er das Gesicht von Pfarrer Beam. Die Augen des Pastors waren geschlossen, aber seine Lippen bewegten sich. Nate hörte jedoch nur lautes Rauschen. Es klang wie der Golf von Mexiko bei Sturm im Januar.

»Haben Sie was gesagt?«, fragte er leise.

Der Pfarrer riss die Augen auf. »Gelobt sei der Herr! Ein Wunder!«, donnerte seine Stimme in dem winzigen Raum.

Das Gesicht des Großvaters tauchte neben ihm auf.

»Ich hab's dir doch gleich gesagt!«, jubelte Pfarrer Beam. »Der Herr hört auf unsere Gebete.«

In diesem Moment flog die Tür des Krankenzimmers auf. Ein großer Mann in einem weißen Kittel und mit einem glänzenden Stethoskop trat an Nates Bett. Eine Krankenschwester kam eilig hinterher.

»Wie geht es unserem Wunderknaben heute?«, fragte der Arzt, während er sich die Gummienden des Stethoskops in die Ohren steckte. Er schob Nates Krankenhaushemd hoch und drückte ihm die kalte Scheibe auf die Brust.

Nate sah, dass sich die Lippen seines Großvaters bewegten. Er verstand nur ein paar Wörter: *taub* und *Blitz* und *Narben*. Erschrocken schaute er von seinem Großvater zum Arzt, der ihm etwas Spitzes, Schwarzes ins Ohr steckte und ihn aufmerksam beobachtete.

Der Arzt setzte sich in die Nähe seines linken Ohrs. »Nate, kannst du mich hören?«

Nate runzelte die Stirn. Wieso klang es, als ob der Arzt am Boden eines Ziehbrunnens flüsterte? »Nein, ich kann Sie nicht richtig hören«, erwiderte Nate.

Der Arzt schrieb etwas auf sein Klemmbrett und steckte den Kugelschreiber in die Kitteltasche. Dann drehte er sich so, dass er in das andere Ohr sprechen konnte.

»Es ist nichts Ungewöhnliches, wenn jemand, der von einem Blitz getroffen wurde, einen Teil seines Hörvermögens verliert, Mr Harlow«, sagte der Arzt. »Manchmal kommt es nicht zurück, aber normalerweise schon. Hast du starke Kopfschmerzen?«

Nate nickte und wünschte gleich danach, er hätte es nicht getan.

»Die verschwinden hoffentlich auch wieder. Wir werden jetzt den Verband an deiner Hand wechseln«, sagte der Arzt, und zum ersten Mal fiel Nate auf, dass seine rechte Hand und sein rechter Arm wie bei einer Mumie mit einer weißen Bandage umwickelt waren.

»Was …?«

»Das ist die Hand, die den Golfschläger hielt, als der Blitz einschlug«, erklärte der Arzt mit so lauter Stimme, dass Nate ihn gerade noch verstehen konnte. »Wir vermuten, dass er den Kopf des Golfschlägers getroffen hat und dann bis zu deiner Hand hinuntergewandert ist. Du hattest verdammtes Glück«, fügte der Arzt hinzu. »Er hat dich nicht *direkt* getroffen. Der größte Teil der Elektrizität ist an dir abgeprallt und hat den T. Rex erwischt.«

»Hat ihm den Schädel abgeschlagen«, erzählte der Großvater staunend.

Der Arzt fing an, die Mullbinde abzuwickeln. »Auf jeden Fall werden dir ein paar interessante Narben bleiben, aber dann hast du wenigstens eine tolle Geschichte zu erzählen.«

Alle guckten interessiert, als Nates Hand zum Vorschein kam.

»Ja«, sagte der Arzt, »es ist ein Wunder, dass du noch am Leben bist, junger Mann. Ein wahres Wunder.«

Pfarrer Beam grinste und klopfte dem Großvater auf den Rücken. »Siehst du, Jonah? Was hab ich dir gesagt?«

Nate schnappte nach Luft. Ein Abdruck des Gummigriffs hatte sich mit allen Nähten in seine Hand eingebrannt.

»Weißt du, wie die Chancen für einen Menschen stehen, einen Blitzschlag zu überleben, auch wenn es nur ein indirekter ist?«, fragte der Arzt.

Nate schüttelte den Kopf. Wo war Gen, wenn er sie brauchte?

Kapitel 5

Eine Woche später luden Pfarrer Beam und die Kirche des Einen Wahren Erlösers und Ewigen Lichts Nate und seinen Großvater zu einem Fischessen ein. Wie die meisten Fischer in Paradise Beach konnte sich der Großvater keine Krankenversicherung leisten, und das Geschäft mit dem Angeln war auch nicht mehr das, was es einmal war. Nate hatte zufällig mitgehört, wie sein Großvater zu Miss Trundle sagte, dass er wahrscheinlich sein Boot verkaufen müsse, um die Rechnungen des Krankenhauses zu bezahlen. Da wurde ihm zuerst heiß, dann kalt und am Ende ganz furchtbar übel.

»Mein Pech holt mich ein, Gen«, hatte Nate gesagt. »Ich glaube, wenn Opa die *Süße Jodie* verliert und nicht mehr jeden Tag aufs Meer hinausfahren kann, wird er einfach verschrumpeln und sterben.«

Gen hatte es ihrem Daddy erzählt und Pfarrer Beam hatte es der Gemeinde der Kirche des Einen Wahren Erlösers und Ewigen Lichts erzählt. Alle waren sich gleich darauf einig, dass sie ein Fischessen für einen guten Zweck veranstalten wollten. Denn es gibt nichts – wie jeder weiß –, was ein gutes Fischessen nicht richten kann.

Nate schaute sich wieder das Schwarz-Weiß-Foto des riesigen grünen T. Rex auf dem Minigolfplatz an, dem der halbe Kopf in tausend Stücke zerschmettert worden war. Als Überschrift stand in der Zeitung: WUNDERJUNGE VOM BLITZ GETROFFEN – UND ÜBERLEBT! Wenn man sich das Bild genauer ansah, erkannte man, dass sich zu Füßen des T. Rex etwas rekelte, das nur einen roten Basketballschuh trug. Weiß der Kuckuck, wo der andere Schuh gelandet war, als der Blitz eingeschlagen hatte.

Gen fand, Nate hatte unheimliches Glück, dass in der Zeitung über ihn berichtet wurde.

»Als ich letztes Jahr die Mathe-Olympiade gewann, standen nur zwei schlecht interpunktierte Sätze auf der letzten Seite der Zeitung, gleich neben den Todesanzeigen«, hatte Gen gesagt. »Und war etwa ein Bild von mir und meiner Trophäe dabei?«

Nate wusste, dass sie kein Bild von ihr veröffentlicht hatten, aber vom kleinen Jimmy Revell, der die Juniorenmeisterschaft im Wurmgrunz-Wettbewerb in Sopchoppy gewonnen hatte.

»Aber auf dem Foto ist fast nur der T. Rex zu erkennen«, hatte Nate gemurmelt. »Ich sehe aus wie ein Haufen Lumpen vor seinen Füßen. Und sie haben meinen Namen falsch geschrieben.«

Gen hatte versucht, sich das Lachen zu verbeißen. »Ich wette, das hat niemand bemerkt. *Nate* und *Kate* werden fast gleich buchstabiert.«

Er hatte geseufzt. »Ja, stimmt.«

Nate ging ins Wohnzimmer. Er hatte seinen Großvater endlich überreden können, zu seinem Boot zurückzukehren. »Ich habe heute nur eine Halbtagsfahrt«, hatte der Großvater gesagt. »Zum Fischessen bin ich wieder da.«

Nate steckte den Stecker des Toasters in die Dose und ließ die arme Scheibe Brot in den Schlitz fallen. Er wartete auf den Geruch nach verbranntem Toast.

Stattdessen sang der Toaster das hübscheste *Ding!*, das Nate je gehört hatte. Er sah mit großen Augen zu, wie eine goldene Scheibe stolz aus dem Toaster hüpfte.

»Das muss ein Fehler sein«, murmelte er und steckte noch zwei Scheiben rein. Wieder ließ der Toaster die schönsten Scheiben springen, die man sich wünschen konnte. »Cool.«

Nate aß seinen perfekten Toast und lauschte der Spottdrossel in der Magnolie. Genau wie der Arzt gesagt hatte, war das Hörvermögen in seinem linken Ohr zurückgekehrt. Er fand, dass der Vogel noch nie so wunderbar gesungen hatte.

Dann machte er sich fertig, um zu Gen zu gehen. Er schlüpfte in seine Shorts und zog ganz, ganz vorsichtig ein langärmliges Hemd über die verbundene Hand und den Arm. In der folgenden Woche sollten die Verbände herunterkommen. Bei dem Gedanken, zu sehen, was der Blitz hinterlassen hatte, schlug der perfekte Toast in seinem Bauch einen Salto.

Nate ging aus der Tür und schaute den Morgenhimmel prüfend an – kam vielleicht ein Gewitter auf? Anschließend machte er sich auf den Weg zu Gen.

»Wo sind denn alle?«, fragte Nate die Zwillinge, die ihre Katzen Shirley, Gutes und Barmherzigkeit anzogen (»Gutes und Barmherzigkeit werden mir folgen mein Leben lang …« Psalm 23,6). Rebecca hielt Gutes fest, während Ruth der Katze einen winzigen Strohhut aufsetzte.

»Oben in der Küche und kochen wie verrückt«, sagte Ruth.

»Für das Fischessen«, wisperte Rebecca.

Nate fand Mrs Beam in der Küche, wo sie Kohlköpfe für Krautsalat zerschnippelte. Gen raspelte Möhren, während Pfarrer Beam seine geheime Salatsoße mischte.

»Guten Morgen, Nate«, sagte Mrs Beam lächelnd. »Bist du für die Party heute Abend bereit?«

»Ich denke schon.« Er musterte die riesige Schüssel

mit Kraut und Möhren. »Aber es wird eine Menge übrig bleiben«, sagte er mit besorgter Stimme. »Ich glaube nicht, dass so viele Leute kommen.«

»Also, da bin ich mir nicht so sicher«, erwiderte der Pfarrer. »Nach allem, was man in der Stadt so hört, kommen wahrscheinlich mehr Leute, als du dir vorstellen kannst.«

»Wow!«, rief Levi vom Fußboden vor dem Fernseher aus. »Vielleicht werdet ihr Millionäre, du und dein Opa!«

»Ich glaube nicht, dass die Wahrscheinlichkeit, Millionäre zu werden, besonders groß ist«, sagte Nate. »Stimmt's, Gen?«

Gen zuckte mit den Schultern. »Wer weiß? Die Chancen, vom Blitz getroffen zu werden, stehen eins zu sechshundertvierzehntausendsiebenhundertneunundfünfzig, und du hast es trotzdem geschafft.«

»An einem sonnigen Tag«, sagte Joshua.

»*Und* an deinem Geburtstag«, fügte Levi hinzu.

Nate lief ein Schauder über die Narben, die der Blitz hinterlassen hatte.

Kapitel 6

»Ach, du dickes Ei«, sagte der Großvater, als sie am Billy-Bowlegs-Park vorfuhren.

Sie schauten durch die gesprungene Windschutzscheibe des uralten Pritschenwagens, der mit laufendem Motor mitten auf der Terpentin-Straße stand. Der von Unkraut überwucherte Parkplatz war voller Autos – Autos so weit das Auge reichte. Mr Billy, der selbst ernannte Verkehrsdirektor der Stadt, dirigierte sie mit einer Hand hierhin und dahin, während die andere sein Kofferradio umklammert hielt.

»Da muss noch was anderes los sein – Baseball oder ein Fußballspiel«, sagte Nate mit weit aufgerissenen Augen. »Sie können doch nicht alle zu meinem Fischessen gekommen sein, oder was meinst du, Opa?«

Der Großvater setzte den Wagen in Gang. »Das werden wir gleich sehen.«

Er steuerte das Auto über den randvollen Parkplatz. Alle möglichen Leute – manche kannte Nate, andere hatte er noch nie gesehen – schlenderten, trabten oder rannten zum Park. Sie hatten Picknickkörbe dabei und über ihren Armen hingen Decken und kleine Kinder.

»Hier rüber!«, brüllte jemand. »Hier rüber, Mr Harlow!«

»Das ist Mr Hull, unser Trainer aus der Schule«, sagte Nate und schnappte vor Staunen nach Luft.

Mr Hull trottete zu ihrem Wagen. Er grinste durch das offene Seitenfenster. »Wir haben ganz vorn einen Platz für den Ehrengast reserviert. Wir wollen doch nicht, dass Nate über den ganzen Parkplatz laufen muss und wieder vom Blitz getroffen wird«, sagte er augenzwinkernd.

»Ziemlich unwahrscheinlich«, sagte der Großvater. Nate nahm sich vor, Gen nach den Chancen zu fragen.

Der Großvater fuhr Alfred, das alte grüne Auto, auf den Abstellplatz, an dem ein Schild mit der Aufschrift RESERVIERT FÜR DEN EHRENGAST stand.

Er schaltete den Motor aus und gab Nates Knie einen freundlichen Klaps. »Du siehst aus, als ob dich gleich einer erschießen würde«, sagte er. »Es ist alles okay. Die Leute sind nur wegen dir gekommen.«

»Ja, aber … aber *warum?*«, fragte Nate. »Die meisten kennen mich kaum und würden sonst gar nicht mit mir reden.«

Der Großvater stieß die Beifahrertür auf. »Kopf hoch, mein Junge! Alles wird gut.«

Nate verließ die Sicherheit der Kabine und schaute nervös in den Himmel. Der Großvater nahm Nates verbundene Hand. »Es ist okay, Nate. Ich lasse nicht zu, dass dir irgendetwas passiert.«

Nate wollte schon sagen, dass nicht einmal ein Großvater den Himmel beeinflussen kann, als ein warmes kraftvolles Gefühl von einer Faust in die andere strömte.

Der Großvater drückte vorsichtig Nates Hand. »Komm, lass uns das Fischessen genießen!«

Mehr Menschen, als er in seinem ganzen Leben gesehen hatte, versammelten sich auf dem grünen Gras des Parks und der Sportplätze. Kinder rannten hin und her, spielten Fangen und überfielen Ahnungslose mit ihren Wasserpistolen. Decken und Handtücher bildeten einen riesigen Flickenteppich unter den Magnolien, Eichen und Palmen.

Und aus der Sporthalle strömten wunderbare Düfte durch die salzhaltige Luft. »Mmmm«, machte Nate, schloss die Augen und lächelte. »Hush Puppies.« Er konnte einen dieser herrlichen, goldenen, frittierten Bällchen aus Maismehl, Eiern, gehackten Selleriestangen und Zwiebeln jetzt schon schmecken. Es war eine Sinfonie der Freude in seinem Mund.

Plötzlich packten zwei kleine quietschende, hüpfende Mädchen Nate an den Händen. »Er ist da! Er ist da!«

Ruth und Rebecca waren vor Aufregung außer Rand und Band.

Ruthie kletterte an seinen knochigen Beinen hoch, warf die Arme um seinen Hals und blieb wie eine Zecke an ihm hängen. »Du bist da! Du bist *endlich* da!« Sie schrie so laut, dass Nate sich für einen kurzen Augenblick wünschte, er hätte sein Hörvermögen noch nicht wiedererlangt.

Rebecca zerrte an der Hand des Großvaters. »Mr Harlow«, sagte sie, »Sie müssen das Essen sehen! Daddy hat gesagt, die Leute haben sich selber *und* die ganze Herrlichkeit übertroffen.«

Und genauso war es auch. Ein Tisch neben dem nächsten stöhnte unter dem Gewicht der Krabbenaufläufe, Krebsfrikadellen, Fischsuppen und Maiskolben-Pyramiden, die die Grabmäler der Pharaonen in den Schatten gestellt hätten. Außerdem gab es Eimer voller Krautsalat, weiße Bohnen in Tomatensoße, Salat aus dreierlei Bohnen, Kartoffelsalat, Pfannen mit gebratenen Okraschoten, Austernpasteten, haufenweise Maisbrot und Kekse und natürlich Berge von vollkommenen goldenen Hush Puppies. Nate kam fast ins Schwärmen.

»Dann lasst uns in die Trompeten von Jerusalem blasen!«, tönte eine laute Stimme. Pfarrer Beam winkte Nate und seinem Großvater. Er stand neben einem riesigen schwarzen Kessel.

»Komm rüber und hilf mir, Jonah!«, rief er dem Großvater zu.

Fische und Klößchen schwammen zischend im Bratfett herum. Der Pfarrer warf einen Arm um Nates Schultern und streckte den anderen aus. »Menschen, so weit man sehen kann«, sagte er. »Hungrige Leute, die sehr gerne bereit sind, sechs Dollar für einen Teller Essen hinzulegen, um euch zu helfen, die Rechnungen des Krankenhauses zu bezahlen.«

»Kaum zu glauben«, sagte der Großvater und schüttelte den Kopf. »Ich hätte nie gedacht, dass so viele Leute in Paradise Beach wohnen.«

»Oh, sie sind nicht alle aus Paradise Beach«, sagte der Rabbiner Levine und hielt Platten mit Fisch und Hush Puppies hoch. »Ich weiß, dass einige aus Port Saint Joe, Apalachicola, Eastpoint und sogar aus Wewahitchka gekommen sind.«

Pfarrer Beam kniff die Augen zusammen und nickte. »Und alle haben Hunger, gelobt sei der Herr.« Er reichte dem Großvater eine Schürze. »Ich glaube nicht, dass Sie sich Sorgen zu machen brauchen, Ihr Boot verkaufen zu müssen«, sagte der Pfarrer mit leiser, zuversichtlicher Stimme. »Binden Sie sich die Schürze um und helfen Sie mir, die Fische und Klöße herauszuangeln. Wir müssen die Massen speisen.«

Der Großvater wischte ein verdächtig feuchtes Auge.

»Nate, Gen wartet drüben im Schatten auf dich. Sie schenkt süßen Tee und Limonade aus und freut sich bestimmt, wenn du ihr Gesellschaft leistest.«

Gen stand tatsächlich stocksteif in einem gestärkten weißen Kleid im großzügigen Schatten der ältesten Eiche der Stadt. Gelbe Gummihandschuhe reichten ihr bis zu den Ellbogen. Sie nahm den Durstigen das Geld ab, als ob es sich um tote Fische handelte, und reichte den Kunden ihre Getränke. Dabei gab sie sich große Mühe, niemanden zu berühren.

Nate trat hinter den Tisch. »Hey«, sagte er. »Danke, dass du das machst.«

Gen schauderte ein bisschen. »Schlimm genug, dass ich ein Kleid tragen muss, obwohl es nicht Sonntag ist.« Sie nahm einem Jungen mit Rotznase einen besonders fettigen Dollarschein ab. »Und dann muss ich die Leute auch noch anfassen.«

»Tut mir leid«, murmelte Nate.

»Das würde ich für keinen anderen tun«, sagte Gen.

»Ich weiß. Danke. Echt.«

Sie wischte sich einen Schweißtropfen von der Stirn. Nate wusste, dass sie Schweiß hasste. Aber sie lächelte trotzdem mit einer Hälfte ihres Mundes. »Du weißt, was die Leute sagen.«

»Irre und Loser halten zusammen«, erklärte Nate grinsend.

»Durch dick und dünn, amen«, sagten beide gleichzeitig und lachten.

Plötzlich tauchten Ricky Sands und sein kleiner Bruder Brandon auf, um etwas zu trinken zu kaufen. Nate goss Limonade in zwei Becher.

»Kann ich es mal sehen?«, fragte Brandon.

Nate schaute von Brandon zu Ricky. Ricky zuckte mit den Achseln.

»Was denn?«

»Wo dich der Blitz getroffen hat.«

Nate berührte den Verband an seiner Hand. »Es ist alles noch eingewickelt.«

Aber der kleine Brandon ließ sich nicht so schnell abweisen. »Ach, Mann, kann ich es wenigstens mal anfassen?«

Nates Gesicht färbte sich unter den Sommersprossen rot.

»Alle sagen, dass es ein Wunder ist«, erklärte Brandon. »So was wie zaubern können, stimmt's, Ricky? Wie Superkräfte?« Der Kleine schaute mit großen Augen zu Nate auf. »Hast du jetzt Superkräfte?«

Nate fummelte an einem Becher herum. »Eigentlich hat mich der Blitz nicht *direkt* getroffen.«

»Ja, aber –«

»Halt die Klappe, Brandon«, sagte Ricky. »Er hat bloß Glück gehabt.«

»Ja, aber –«

Ricky packte den kleinen Jungen hinten am Hemd. »Tut mir leid«, sagte Ricky und zog seinen Bruder weg. Nate ließ den Limonadenbecher in seiner Hand beinahe fallen. Ricky Sands hatte *tut mir leid* zu ihm gesagt?

Gen lachte. »Dann bist du jetzt also ein Wunderknabe. Fühlst du dich wie ein Wunder, Nate?«

Er schüttelte den Kopf. »Ich hätte nie und nimmer gedacht, dass Ricky sich mal bei mir entschuldigt. Das ist ein *echtes* Wunder.«

Als sich die Schatten des späten Nachmittags über der Wiese ausbreiteten und die Möwen an den übervollen Mülleimern miteinander kämpften und stritten, kletterte Mr Lamprey, der Stadtrat, auf die schnell errichtete Bühne. Das Mikrofon in seiner Hand kreischte. Er räusperte sich.

»Ich möchte allen danken, die gekommen sind, um einem von uns zu helfen. Und ich möchte ganz besonders den vielen guten Menschen danken, die nicht aus Paradise Beach stammen und sich trotzdem auf den langen Weg zu uns gemacht haben.«

Beifall und Pfiffe verscheuchten die Möwen.

»Ich sage immer, wir haben keine schicken Hochhäuser und Wellness-Anlagen wie die anderen Küstenstädte, aber die Fischer halten zusammen.«

»Amen«, rief jemand.

»Ich hätte natürlich nichts gegen das Geld, das die Touristen mitbringen«, sagte der Stadtrat augenzwinkernd.

»Bevor das Footballspiel beginnt, würde ich gern unseren geschätzten Bürgermeister bitten, noch ein paar Worte zu sagen.« Der Stadtrat wandte sich einem älteren schwarzen Labrador zu, der am Fuß der kleinen Treppe saß. »Bürgermeister Barney, würdest du bitte auf die Bühne kommen?«

Der Hund stapfte die Stufen hoch und wedelte mit dem leicht gekrümmten Schwanz. An seinem Hals hing ein rotes Tuch, auf dem BÜRGERMEISTER stand.

»Würde es dir was ausmachen, ein oder zwei Worte zu sagen?« Der Stadtrat hielt das Mikrofon an die silbergraue Schnauze.

»Wuff! Wuu-wuu-wuff!«, bellte der Hund.

Alle jubelten. Der Bürgermeister wedelte mit dem Schwanz. Der Stadtrat steckte ihm ein Klößchen ins Maul.

Mr Hull, der Trainer, hatte ein Footballspiel zwischen Kids aus Nates Schule und Schülern ihres größten Rivalen, der katholischen Sankt-Mary-Schule, organisiert.

Nachdem die Teams zusammengestellt worden waren, trat Pfarrer Beam in die Mitte des Feldes und hielt die Hände hoch. Die satte Menschenmenge wurde still. »Ich möchte jedem Einzelnen von euch dafür danken, an diesem schönen Tag gekommen zu sein, um unseren guten Freunden und Nachbarn Nate und Jonah Harlow zu helfen.« Ein breiter Lichtstrahl der untergehenden Sonne ließ sich auf den Schultern des Pfarrers nieder. »Ich weiß, dass unsere kleine Stadt seit einer ganzen Weile nichts zu feiern gehabt hat. Seit der Umleitung der Autobahn und dem Hurrikan im vorletzten Jahr haben wir schwierige Zeiten erlebt. Das Glück schien an uns vorbeizuziehen. Wie die Touristen.«

Köpfe nickten. Jemand brüllte: »Haargenau!«

»Die vielen Astronauten, die oben rumfliegen, sind daran schuld!«, rief der alte Marler.

Mit leiserer Stimme sagte der Pfarrer: »Aber schwierige Zeiten bringen das Beste im Menschen hervor. Und darum sind wir alle hier.«

Er breitete die Arme aus und erhob seine kräftige Stimme. »Und dann geschehen Wunder: Einer von uns wird vom Blitz getroffen – aus heiterem Himmel, wie ich hinzufügen möchte – und überlebt. *Das*, meine Freunde und Nachbarn, ist ein Grund zum Feiern!«

»Alle scheinen zu vergessen, dass du nicht *direkt* getroffen worden bist«, murmelte Gen.

Der Pfarrer lächelte und wandte sich dem Rand des Spielfelds zu, wo Nate und Gen saßen.

»Ich fände es richtig, wenn Nate verkündet, wer nach dem Wurf der Münze den Kick-off bekommt.«

Nate fror plötzlich am ganzen Körper. Sein Kopf pochte.

Der Pfarrer fuhr fort: »Und ich wünsche mir, dass Nates beste Freundin, meine wunderbare Tochter Genesis Magnolia Beam, die Münze wirft.«

Gen schüttelte energisch den Kopf.

Der Pastor hielt ihnen die Hand entgegen. »Steht auf, ihr zwei!«, sagte er. »Auf los geht's los!«

Wenn der gute Pfarrer Beam seine kräftigen Hände ausstreckt und einen ruft, dann muss man sich erheben, auch wenn Nate nicht wollte, dass Rickys Team seinetwegen verlor, und Gen ganz und gar nicht wollte, dass Millionen von Augen auf ihr lagen.

»Okay, Jungs«, sagte der Trainer. »Normalerweise bestimmt einer von euch, ob Kopf oder Zahl gewinnt. Aber diesmal entscheidet Nate.« Der Trainer seufzte und schüttelte den Kopf. »Ricky, wenn Nate wie durch ein Wunder gewinnt, geht der Kick-off an uns. Wenn nicht, na ja …« Er klopfte Ricky auf die Schulter und murmelte kaum hörbar: »Tut mir leid, mein Sohn.«

Der Trainer fragte Nate und Gen: »Seid ihr bereit?«

Sie standen mitten auf dem Feld. Die letzten Sonnenstrahlen lagen auf ihnen. Nate schaute nervös in die Wolken, die sich über dem Golf zusammenballten.

Gen zupfte an einer Augenbraue. »Bereit, Nate?«

Nate war überhaupt nicht bereit. Er suchte mit den Augen den Platz ab, bis er seinen Großvater fand. Sein Großvater hob die Daumen und lächelte.

»Du schaffst das, Nate!«, rief ihm Miss Trundle zu.

Er beschloss, die öffentliche Blamage einfach hinter sich zu bringen, berührte seine Kaninchenpfote und nickte. »Wirf!«, sagte er.

Genesis Beam war die beste Werferin in ganz Franklin County. Die Münze wirbelte höher und höher, dem Himmel entgegen. Als sie den höchsten Punkt erreicht hatte und verharrte, als ob sie von Flügeln getragen würde, holte Nate tief Luft.

Dann schwappte ein seltsames Gefühl über ihn, eine warme, leuchtende Gewissheit. So etwas hatte er noch nie gespürt. Es war nicht beängstigend. Nur einfach wahr.

»Kopf«, rief er mit einer Sicherheit, die er in seinen elf Jahren und einer Woche auf dieser Erde noch nie empfunden hatte. »Es wird Kopf sein!«

Die Menge wurde still, als Gen die Münze fing und auf ihren Handrücken klatschte.

Genau so, wie sie es schon hundert Millionen Mal getan hatte.

Aber als Gen die Hand hob, die die Münze zugedeckt hatte, stockte ihr der Atem, und ihr Mund blieb offen stehen. Dann schloss er sich und ging wie bei einem gestrandeten Fisch wieder auf.

»Was ist denn mit der Irren los?«, brummte jemand vom anderen Team.

»Gen«, zischte Nate. »Jetzt sag schon!«

Sie streckte ihre zitternde Hand dem Trainer entgegen, damit er, der gute Pfarrer Beam und die ganze Welt sehen konnten, was es war. »Kopf!«, rief sie. »Es ist Kopf!«

Ricky Sands jubelte. Er und alle anderen des Teams packten Nate und hoben ihn hoch, als ob er das Spiel gerade im Alleingang gewonnen hätte.

Ein seltsamer Wind, der vom Golf herüberwehte, ließ das Windspiel in der hohen Kiefer neben Mr Woods Wohnwagen klingeln.

Der Wind brachte das Geschrei und Gekreische der Menge beim Fischessen und das Schnaufen und Seufzen der Wellen am Ufer mit. Toots und Monk lauschten mit ihren übergroßen Chihuahua-Ohren und hörten das Platschen eines Pelikans, der in die Wellen tauchte, um sein Abendessen zu fangen.

Und da. Gerade eben. Das leise Trommeln und Hämmern von hundert Brustflossen, die sich – viele Meilen weit entfernt – durch das grüne Wasser des Golfs von Mexiko ihren Weg bahnten. Die Flossen gehörten Meeresschildkröten. Einige kehrten zum ersten Mal zu den weißen Sandstränden ihrer Geburt zurück, um ihre Eier abzulegen. Diese Schildkröten waren mit ihren zwanzig Jahren noch jung. Andere waren schon oft heimgekommen.

Jung oder uralt – es spielte keine Rolle. Der Mond und die Strömungen und eine Abmachung, die älter als die Zeit war, zogen sie zu den verzuckerten Dünen von Paradise Beach, wo sie sich ans Ufer schleppen, ihre Nester graben, ihre Eier ablegen und im Mondschein ins Meer zurückkehren würden.

Kapitel 7

Am Montagmorgen machte Nate sein Frühstück und trieb sich selbst zur Eile an, damit er den Bus nicht verpasste.

»Tut mir leid, mein Junge«, hatte der Großvater am Abend gesagt, als er seine Kühltasche für den nächsten Tag packte. »Ich habe diese Woche so viele Buchungen für Angelfahrten, dass ich jeden Tag vor Sonnenaufgang aus dem Haus muss.« Er wuselte in dem kleinen Wohnwagen herum und lächelte ununterbrochen. Das hatte Nate schon lange nicht mehr gesehen. »Ich weiß nicht, warum ich plötzlich mehr Glück habe, aber ich muss das ausnutzen. Ich muss auf dieser Erfolgswelle bis in die Schnapper-Saison reiten«, sagte er und stellte sich hin, als ob er – wie früher, als er noch jung war – auf einem Surfbrett balancieren würde.

Nate steckte zwei Scheiben Brot in den Toaster. Er beobachtete das Gerät mit Argusaugen, während er Kakao in die Milch rührte. Ja, der Toaster hatte zuverlässig gearbeitet, aber Nate rechnete nicht damit, dass es so blieb.

Ding! Beide Toastscheiben segelten in die Luft und landeten ordentlich nebeneinander auf dem Küchenkrepp. Der Toast war ein reines Wunder – absolut perfekt.

»Mann«, hauchte Nate. »Hast du das gesehen, Opa?« Er drehte sich grinsend zum Sofa. Aber sein Großvater war längst weg.

»Ich sag dir, Gen«, erklärte Nate, als der Schulbus auf der sandigen Straße entlangholperte. »Es war, als ob der Toaster alles geplant hätte. Ich hätte mich nicht gewundert, wenn er sich selber mit Butter bestrichen und das Marmeladenglas aufgemacht hätte.«

Gen blickte von ihrem Buch über theoretische Physik auf und seufzte. »Nathaniel, ein Toaster kann nichts planen, weil ein Toaster kein *Hirn* hat.« Sie schüttelte den Kopf und steckte die Nase wieder ins Buch. Sie hatte gerade das Kapitel über Chaostheorie begonnen und fand das Ganze ziemlich beunruhigend.

»Das weiß ich. Ich sag dir nur, was ich gesehen habe. Sie landeten direkt nebeneinander, superordentlich. Wie hoch stehen die Chancen für so etwas?« Nate stupste sie mit dem Ellbogen in die Rippen.

Ohne vom Buch aufzuschauen, sagte Gen: »Das ist wie beim Werfen einer Münze. Wenn du es oft genug machst, stehen die Chancen gut für dich. Wenn die Brote aus dem Toaster fliegen, wie du behauptest, kann es passieren, dass sie auch einmal nebeneinander landen.«

Nate sackte auf seinem Sitz zusammen und zupfte an der Füllung, die aus einem Riss im Kunststoff quoll. »Es ist überhaupt nicht das Gleiche«, murmelte er. »Ich *wusste*, dass es Kopf sein würde. Ich hab's gespürt!«

Der Bus fuhr am Eingang der Liza P. Woods Grundschule vor. Das vertraute Angstgefühl, das Nate jedes Mal überkam, wenn er an der Schule eintraf, lag ihm so schwer im Magen wie kalte, übrig gebliebene Grütze.

Gen raffte ihre Bücher zusammen und schob die Brille auf dem Nasenrücken hoch. Sie beobachtete das Chaos der rennenden, schreienden, lachenden und weinenden Kinder und seufzte. Sie hob die Hand, um an einer Augenbraue zu zupfen, riss dann aber an einem Gummiband am Handgelenk – Mrs Beams letzter Versuch, Gens Augenbrauen zu retten. Nate zog den Ärmel über seine verbundene Hand.

Gen blinzelte ihn an. »Okay, heute ist dein erster Schultag nach dem Blitzschlag. Bist du bereit?«

»Ich glaube schon«, sagte er und kletterte hinter seiner Freundin aus dem Bus. Er wusste, dass es ihm viel besser gehen würde, wenn er seine Lieblings-Basketballschuhe noch hätte, aber wenigstens hatte er seinen Glücksbringer, die Kaninchenpfote.

»Ich treff dich hier nach der Schule«, sagte Gen wie immer, was ihn tröstete.

Ein Papierkügelchen flog durch die Luft und landete in ihren Haaren. Nate zupfte es heraus.

Er beobachtete, wie sie den langen Korridor entlang und durch das Grüppchen von Schülerinnen und Schülern ging, die sie auslachten und verspotteten. Ihre Schultasche mit den vielen Büchern hing ihr fast bis zu den Knien. Sie war die Einzige in der Schule, die Jeans mit Bügelfalten trug und deren Schultasche das Gesicht von Albert Einstein zierte. Eine Sekunde lang wollte Nate ihr nachlaufen und die Kids, die ihr das Leben an der Schule so schwer machten, beschimpfen.

Aber es hatte keinen Sinn, Gen beschützen zu wollen. Es waren dieselben Kids, die *ihm* das Leben schwer machten. Der Unterschied war der, wie Gen immer sagte, dass es ihm etwas ausmachte, was die Jungs und Mädchen dachten, ihr aber nicht. *Sie hat leicht reden,* dachte er, als er sich umdrehte und das andere Ende des Gebäudes ansteuerte, wo sein Klassenzimmer auf ihn wartete. Sie hatte die ganze große, chaotische, laute Liebe der Familie Beam hinter sich.

Nate öffnete die Tür zum Zimmer 311. Der kalte Klumpen Angst tanzte in seinem Bauch. Nate zog die Schultern ein, rieb mit dem Daumen über die Kaninchenpfote und wappnete sich für das Gekicher, das

Augenrollen und die Füße, die ihm ein Bein stellen wollten, wenn er zu seinem Tisch ging.

Stattdessen wurde es ganz still.

Und die Augen von Tiffany Hedges und Chantell Peeks wurden groß, anstatt sich zu verdrehen. Die Mädchen betrachteten ihn staunend. Buddy Hayes knuffte Connor Marler und sagte leise: »Schau, da kommt Sparky!« Was, wie Nate meinte, ein besserer Spitzname war als Loser oder Kurzer MacFurzer.

Nate richtete den Blick auf den Boden, ging schnell zu seinem Tisch in der letzten Reihe und ließ sich auf seinen Stuhl gleiten. Er war sich nicht sicher, was schlimmer war: das vertraute Spotten und Beinstellen oder diese Stille und die Art, wie sie ihn anschauten – als ob er ein Außerirdischer wäre. Er war erleichtert, als Goofy Bailey, der Einzige in der Klasse, den die Kids noch gnadenloser triezten als ihn, mit frisch geschorenem Schädel nach seinem letzten Kampf mit den Kopfläusen ins Zimmer kam.

Goofy war von seinen stolzen Eltern und Pater Donovan in der katholischen Kirche St. Mary auf den Namen Charles Rembert Bailey getauft worden. Die Kids an der Grundschule nannten ihn aber Goofy wegen seiner unglaublichen Begabung, alle Typen anzuziehen, die Jagd auf Schwächere machten.

Jemand lachte und rief: »Schaut mal, wer da ist!

Goofy der Schlurfi!« Als der groß gewachsene Junge seinen Platz neben Nate ansteuerte, bombardierten ihn Bleistifte, Gummibänder und zerknülltes Papier. Nate duckte sich an seinem Tisch, um allem, was niederging, auszuweichen.

Goofy ließ seine Büchertasche auf den Fußboden fallen, als eine Büroklammer, die eine Gummiband-Schleuder abgeschossen hatte, an seinem Ohr vorbeisauste. »Willkommen zurück, Nate!«, sagte er. »Ich freu mich, dass du okay bist.«

Nate duckte sich noch tiefer. Ohne Goofy anzuschauen, sagte er aus dem Mundwinkel:

»Danke.«

»Ich hab dir beim Fischessen zugewinkt, aber du hast mich anscheinend nicht gesehen«, sagte Goofy.

Nate *hatte* ihn winken gesehen. »Es waren zu viele Leute da«, behauptete er.

»Das kannst du zweimal sagen.« Ein verschrumpelter, halb aufgegessener Apfel prallte an Goofys Kopf ab und landete auf seinem Schoß. »Hast du ein Glück, dass du so beliebt bist.«

Gerade als Nate ihm versichern wollte, dass er fast niemanden beim Fischessen gekannt hatte, stolzierte Mr Peck ins Klassenzimmer. Seine langen knochigen Beine steckten in einer engen schwarzen Hose, die fünf Zentimeter über weißen Schuhen endete. Ein Dutzend langer Haarsträhnen krönten seinen Kopf. Er erinnerte Nate an den Kanadareiher, der sich am Hafen herumtrieb.

Mr Peck starrte die Schweinerei auf dem Fußboden an. Er marschierte zu seinem Pult vor der Klasse und setzte seine Aktentasche mit Wucht ab. Dann stemmte er die Hände in die Hüften und sah sich mit einem vernichtenden Blick im Klassenzimmer um. Selbst die gemeinsten und frechsten Kids setzten sich gerade und benahmen sich anständig.

»Guten Morgen, meine Rabauken«, sagte der Lehrer.

»Guten Morgen, Mr Peck«, murmelten alle.

»Guten Morgen!«, jubelte Goofy munter wie ein Hündchen. »Ich bin wieder da.«

»Das sehe ich«, erwiderte Mr Peck.

»Die Viecher sind jetzt alle weg«, erklärte Goofy stolz.

Tiffany grunzte vor Lachen. Chantell machte ein Geräusch, als ob sie sich übergeben müsste.

Mr Peck durchbohrte sie mit seinem messerscharfen Blick. »Vielen Dank für die Information, Charles.« Dann lagen seine hellen Augen auf Nate. »Und willkommen zurück auch dir, Nate Harlow. Ich bin froh, dass du den Fallstricken der Natur – sozusagen – entkommen bist.«

»Danke schön.«

»Bitte schön«, sagte der Lehrer. Er zog seine karierte Jacke aus und krempelte die Hemdsärmel hoch. »Nur noch siebenunddreißig Schultage, meine Halunken. Sehen wir mal, was ich euch noch beibringen kann, bevor sich eure Hirne in den Sommerferien zu Brei verwandeln.«

Nate konnte es kaum erwarten, Gen von seinem Tag zu erzählen. Obwohl beide in der fünften Klasse waren, sahen sie sich tagsüber kaum, nicht einmal in der Mittagspause. Gen wurde in allen Fächern unterrichtet, die für Hochbegabte vorgesehen waren. Es war sogar die Rede davon, Gen zwei oder drei Klassen überspringen zu lassen, aber ihre Eltern lehnten es ab. »Intelligenz ist nicht unbedingt das Gleiche wie gesunder Menschenverstand«, hatte Mrs Beam gesagt. »Gen muss sich Zeit lassen.« Nate wusste, dass das stimmte. Er wusste auch, dass Gen schrecklich enttäuscht gewesen war.

Als Gen vorne im Bus auftauchte, winkte er von der hinteren Sitzbank. Ihr Hemd steckte halb in der zerknitterten Jeans und hing halb draußen. Die Brille saß schief auf ihrer Nase. Nate war sicher, dass sie keinen angenehmen Tag gehabt hatte.

Gen ließ sich auf den Sitz neben Nate plumpsen und drückte die Schultasche an ihren Bauch. Geistesabwesend streichelte sie ununterbrochen Albert Einsteins Gesicht.

»Alles okay, Gen?«

Sie hob die Hand und zupfte an einer Augenbraue. »Bestens.«

»Du siehst aber gar nicht bestens aus«, meinte Nate.

Sie zuckte mit den Schultern. »Nur eine Meinungsverschiedenheit mit einem anderen Schüler, weiter nichts.«

Nate runzelte die Stirn. Sie war dieses Jahr schon zweimal wegen dieser ›Meinungsverschiedenheiten‹ nach Hause geschickt worden.

Bevor er es ansprechen konnte, fragte sie: »Und du? Wie war's bei dir?«

»Ach, Gen«, sagte Nate. »Es war so ein komischer Tag.«

»*Wie* komisch?«

»Es ist nichts Schlimmes passiert.«

Er erzählte ihr, wie viel Glück er gehabt hatte, dass Mr Peck ihn nicht aufrief, weil er zu Hause nichts gelesen hatte. »Ich hab immerzu gedacht: *Bei meinem Pech ruft er mich bestimmt andauernd auf.* Aber er hat es nicht getan. Nicht ein einziges Mal.«

Gen hob die Schultern. »Wahrscheinlich hast du ihm leidgetan, und er wollte dir Zeit geben, alles nachzuholen. *Obwohl* ich dir die Schulaufgaben nach Hause gebracht habe, und *obwohl* ich angeboten hatte, dir Nachhilfestunden zu geben.«

Nate ging nicht darauf ein. »Und in der Mittagspause

dachte Mrs Walker, sie hätte den letzten Donut verkauft, und dann fand sie zufällig noch einen, der auf den Boden gefallen war, und hat ihn mir geschenkt.«

Gen verdrehte die Augen. »*Das* nenne ich Glück.«

»Ja, und gerade als ich dachte, ich müsste in der Cafeteria neben Goofy sitzen, meinten Rico Sanchez und sein Cousin, ich könnte mich auch an ihren Tisch setzen.« Er erwähnte nicht, dass sie nur seine Verbrennungen an der Hand sehen wollten. »Und in der Sportstunde regnete es, und wir durften drinbleiben und uns einen Film über Mundhygiene anschauen«, was Nate viel besser fand, als *nicht* in ein Team gewählt zu werden, und auch besser, als den Trainer sagen zu hören: »Gütiger Himmel, Harlow, du hast weniger Verstand, als Gott einer Gans gegeben hat.«

Nate lehnte den Kopf an die Rückwand des Busses und lächelte. Ja, es war wirklich ein glücklicher Tag gewesen.

Gen rieb an einem roten Fleck auf ihrem Ärmel herum. »Und deiner Glücksliste kannst du noch hinzufügen, dass du kein Pfarrerskind bist.« Dann imitierte sie ihren Vater perfekt und sagte mit tiefer Stimme: »Genesis Magnolia Beam, was bist du denn für ein Vorbild für deine jüngeren Brüder und Schwestern? Andauernd Geschrei und Prügelei! Der liebe Gott und die restliche Welt erwarten Besseres von dir.« Gen nahm ihre Brille ab und betrachtete das Fitzelchen Klebeband, das sie zusammenhielt. »Ich werde wohl bis in alle Ewigkeit irgendwelche Bibelstellen abschreiben müssen.«

Später, am Abend, als Nate sich gerade überlegte, ob er zum Hafen laufen und nach seinem Großvater Ausschau halten sollte, hörte er Alfred die Austernschalen-Straße entlangrattern.

»Tut mir leid, mein Junge, dass ich zu spät komme«, rief der Großvater, als er aus dem Wagen sprang. »Du kannst dir nicht vorstellen, was für einen Tag ich heute hatte!« Er umarmte Nate ganz fest und verwuschelte ihm die Haare. »Die Fische sind ununterbrochen herangeschwommen. Kaum hatten meine Kunden einen geangelt, haben wir einen neuen Köder am Haken befestigt, und keine zwei Minuten später biss schon wieder einer an. So was hab ich noch nicht erlebt! Die beiden Männer aus Knoxville haben sich so gefreut, dass sie mir fünfzig Dollar Trinkgeld gaben!« Der Großvater langte in seinen von den Fischeingeweiden fleckigen Overall, zog einen Fünfzig-Dollar-Schein heraus und schwenkte ihn durch die Luft. »*Fünfzig Dollar in bar*, Nate! Ist das zu glauben?«

»Nein«, sagte Nate.

Der Großvater fuhr mit der Hand durch die wirren Haare, als ob er seinen Verstand beruhigen wollte.

»Meine Güte, Nate, das Abendessen! Hast du schon gegessen?«

»Ich habe eine Scheibe Fleischwurst gebraten«, sagte er. »Und ich wollte gerade eine Dose Tomatensuppe aufmachen.«

Der Großvater klatschte in die Hände. »Ich hab einen solchen Hunger – ich könnte einen Wal verschlingen. Komm, gehen wir rüber zu June und genehmigen uns die Cheeseburger, die ich dir zum Geburtstag versprochen habe. Und ein Eis noch dazu. Wie klingt das?«

Nate fand, dass es wie das perfekte Ende eines fast perfekten Tages klang. »Kann Gen mitkommen?«

»Aber sicher«, sagte der Großvater. »Ach, was – die Zwillinge nehmen wir auch noch mit.« Er stand vor Nate und lächelte. »Aber vorher habe ich eine Überraschung für dich.«

Nate runzelte die Stirn. Er mochte Überraschungen nicht besonders. Das Leben – jedenfalls *sein* junges Leben – war zu oft von unerwarteten Dingen erschreckt worden.

»Mach die Augen zu!«, wies ihn der Großvater an. »Und mach sie erst wieder auf, wenn ich es dir sage.«

Nate schloss die Augen und wartete. Er hörte, wie sein Großvater wegging, und dann hörte er, wie etwas am Auto klapperte.

»Okay, jetzt kannst du wieder gucken.«

Nate öffnete die Augen und japste. Vor ihm leuchtete im schwachen Abendlicht das schönste Fahrrad der Welt.

Der Großvater schob es zu Nate. »Herzlichen Glückwunsch zum Geburtstag, mein Sohn.«

Nate strich mit der heilen Hand bewundernd über den glänzenden Lenker und die Gangschaltung. »Toll«, sagte er leise. »Es sieht nagelneu aus.«

Der Großvater nickte. »Das ist es auch. Ich hab's drüben in Apalachicola beim *Pedalentreter* gekauft.«

Nate zog die Hand zurück. »Aber Opa, wir haben nicht das Geld für ein nagelneues Fahrrad!«

»Ich habe das Geld zusammengespart und das Fahrrad monatelang zurücklegen lassen«, erklärte der Großvater. »Ich wollte es dir zum Geburtstag schenken, nachdem wir alle bei June unsere Cheeseburger gegessen hatten, aber dann … also, dann hat dich der Blitz getroffen und …« Seine Stimme verhallte.

Nate schaute sich das Fahrrad wieder an. Er begutachtete die Gummigriffe an der Lenkstange, die Reflektoren an den Speichen und den ledernen Sattel, der auf den Fahrer wartete.

Der Großvater schubste ihn ein bisschen. »Warum fährst du nicht zu den Beams rüber, während ich mich frisch mache. Ich hol dich ab.«

Nate schwang sich in den Sattel. Hätte er es nicht

besser gewusst, dann hätte er schwören können, dass sich das Fahrrad wie ein temperamentvolles Pferd aufbäumen wollte. Schnell wie der Wind fuhr er zur Kirche des Einen Wahren Erlösers und Ewigen Lichts und kam mit Schwung vor Joshua und Levi zum Stehen.

»Guck dir das an!«, sagte Joshua und sprang auf die Füße.

Levi fuhr mit seiner kleinen Hand über die Lenkstange. »Wo hast du das her, Nate?«

»Von meinem Großvater«, sagte er. »Er hat es mir eben zum Geburtstag geschenkt.« Jetzt würde er nicht mehr mit dem alten gebrauchten Rad mit dem Mädchensattel fahren müssen, das er jahrelang benutzt hatte.

»Ich kann nicht glauben, dass ich ein nagelneues Fahrrad besitze«, staunte Nate.

»Das heißt, dein Geburtstagswunsch ist in Erfüllung gegangen, stimmt's?«, fragte Joshua.

Er runzelte die Stirn. »Was meinst du damit?«

»Weißt du nicht mehr? Ich hab dir doch gesagt, du sollst dir zum Geburtstag ein neues Fahrrad wünschen!«

Nate schüttelte den Kopf. Er konnte sich, ehrlich gesagt, an gar nichts mehr erinnern, was in den Stunden vor dem Blitzschlag passiert war. Aber etwas Besseres als ein nagelneues Fahrrad hätte er sich nicht wünschen können, und dass sein Wunsch in Erfüllung gegangen war, bedeutete doch, dass er auf einmal Glück hatte, oder nicht?

Kapitel 8

»Gott sei Dank ist Donnerstag«, sagte Gen, als sie und Nate unter der hohen Kiefer mit dem riesigen Fischadlerhorst auf den Schulbus warteten. Das Nest, das den Wipfel krönte, war so groß, dass die kleinsten Beam-Zwillinge hineingepasst hätten. Sie hätten sich dort zusammenrollen und ihren Mittagsschlaf halten können.

»Ich glaube, ich kann keinen Tag länger warten, um meinem Physiklehrer die Stringtheorie zu erklären.« Sie machte den Reißverschluss ihrer Schultasche auf und wieder zu, auf und zu. »Ich wette, für dich war's auch eine lange Woche.«

Nate zuckte mit den Achseln. »So schlimm, wie ich dachte, war es nicht«, sagte er. Er war fast gar nicht gehänselt, rumgeschubst oder ausgelacht worden. Wie eine Schildkröte, die ganz zaghaft unter ihrem Panzer hervorguckt, war er neugierig auf alles, was der Tag bringen würde, und freute sich fast darauf.

»Vergiss nicht, dass wir heute nach der Schule Flugblätter in der Stadt verteilen müssen, um die Leute an die Schildkrötenregeln zu erinnern.«

Jedes Jahr, kurz bevor die Meeresschildkröten an den Stränden auftauchten, um ihre Eier abzulegen, machte Gen es sich zur Aufgabe, den Einwohnern von Paradise Beach beizubringen, was sie nicht tun durften, wenn die Schildkröten kamen:

1. Keine Lichter draußen nach Einbruch der Dunkelheit!
2. Jeden Tag Stühle, Schirme und andere Strandutensilien entfernen!
3. Löcher zuschütten und Sandburgen plattmachen!
4. Schildkröteneier unbedingt in Ruhe lassen!!!

Jeder Punkt wurde von dem künstlerisch begabten Zwilling Ruth mit einer herrlichen Zeichnung versehen. Rebecca wollte unbedingt, dass sich die Regeln reimten, aber Gen weigerte sich, weil sie dann nicht mehr so ernst gemeint klangen.

»Nach meinen Berechnungen im Hinblick auf die Gezeiten der vorangegangenen Jahre, die Wassertemperaturen und Mondphasen sollten sie in der nächsten Woche Paradise Beach erreichen.« Gen spürte, wie die standhaften Schildkröten ihren gewohnten Platz in ihrem Herzen einnahmen.

»Klar«, sagte Nate. Hatte er etwa nach der Schule etwas anderes zu tun? Nein, hatte er nicht.

Trotzdem dachte er nicht an brütende Meeresschildkröten und Schildkrötenregeln, sondern daran, wie viel Glück er in der vergangenen Woche gehabt hatte.

»Gen«, sagte er. »Ich glaube, der Blitzschlag hat etwas verändert.«

»Was denn?«

»Mich.«

Sie legte den Kopf auf die Seite. »Bitte erklären!«

Nate wackelte fast mit dem Körper, weil er so erleichtert war, mit jemandem darüber reden zu können. »Wir beide wissen, dass ich einfach immer Pech habe.«

Gen schob die Brille auf der Nase hoch. »Nathaniel, wie oft habe ich dir schon gesagt, dass das Universum zufallsbedingt ist. Die Dinge sind nicht alle so oder so.«

Nate hob die Hand. »Hör mir einfach mal zu!« Er holte tief Luft. »Seit mich der Blitz getroffen hat, habe ich nur Glück gehabt.«

»Wie zum Beispiel?«

»Also, als Erstes die Sache mit der Münze.«

»Chancen.«

»Und dann alles, was in der Schule passiert ist – dass ich nicht aufgerufen wurde, als ich die Antworten nicht wusste, dass ich beim Mittagessen nicht neben Goofy sitzen musste. Alles, was ich dir erzählt habe.«

Der Bus fuhr vor. Bevor sie Nates Beweise verwerfen konnte, sagte er schnell: »Und was ist mit dem Toaster und den vielen Angelausflügen, die bei meinem Großvater gebucht wurden, seit mich der Blitz getroffen hat, und meinem nagelneuen Fahrrad?«

Gen hing sich die Albert-Einstein-Tasche über die Schultern und ging die Treppe hoch.

»Zufällige Koinzidenz, schlicht und einfach. Und zufällig weiß ich auch, dass dein Großvater das Fahrrad gekauft hat, bevor der Blitz den Kopf deines Golfschlägers traf.«

Nate folgte Gen den Gang im Bus entlang. »Ich verstehe nicht, was der Unterschied zwischen Glück und Zufall sein soll«, murmelte er. Einsteins Kopf – vor Verwunderung und Überraschung weit aufgerissene Augen, Haare, die aussahen, als wären sie selbst mit knapper Not einem Blitzschlag entkommen – schien auf Gens Rücken zustimmend zu nicken.

Als die anderen Kids, an denen sie vorbeigingen, kicherten, runzelte Gen die Stirn und sagte: »Nathaniel, du bist nicht direkt vom Blitz getroffen worden, sonst hätte er dich höchstwahrscheinlich getötet. Ist das nicht Glück genug?«

Beim Sportunterricht am Nachmittag steckte Mr Hull, der Trainer, seine silberne Trillerpfeife in den Mund und pfiff. »Wir beenden das Schuljahr mit meinem liebsten Hobby.«

»Essen?«, rief jemand von ganz hinten. Gekicher und Gelächter waberten durch die Halle.

Das Gesicht des Trainers war knallrot geworden. Er gab sich große Mühe, seinen dicken Bauch einzuziehen und hinter dem Gürtel zu verstecken.

»Nein, Schlaukopf«, sagte er. »Baseball.«

Nate vermutete, dass es schon lange her war, seit der Trainer tatsächlich von einer Base zur anderen gerannt war, andererseits hatte er selbst noch nie einen Ball getroffen. Der Trainer war der Meinung, dass Nate, der Schläger und der Ball nicht dieselbe Sprache sprachen.

Draußen teilte Mr Hull die Klasse in Mannschaften ein. Ricky Sands stöhnte wie immer, als Nate seinem Team zugeteilt wurde. Aber Nate fand, dass Ricky dieses Mal nicht so laut protestierte wie sonst. Trotzdem reichte Ricky ihm den ältesten Fanghandschuh von allen und schickte ihn weit, weit raus aufs Feld – fast bis zur Bucht der Halbinsel. Wie gern wäre Nate nur ein einziges Mal wie alle anderen im Infield geblieben!

Nate stapfte weit, weit hinaus, blinzelte in die Sonne und suchte den Himmel ab. Rumpelte es in der Ferne oder war es sein Bauch? Über dem Golf von Mexiko ballten sich Wolken. Nate lief es eiskalt über den Rücken.

Dann hörte er es: *Rums!*

Er ließ sich auf die Erde fallen, als hätte jemand auf ihn geschossen, und schützte seinen Kopf mit den Armen.

»Nate! Nate! Fang ihn!«

Er nahm die Arme runter und schaute nach oben. Hoch am blauen, blauen Himmel machte ein weißer Baseball langsam einen Bogen. Der Ball drehte sich um sich selbst und hing über Nates Kopf, als hätte er alle Zeit der Welt.

»Fang ihn, Sparky!«, schrie Ricky Sands vom Pitcher's Mound, dem 25 Zentimeter hohen Hügel.

Nate wusste nicht, ob er über die Vorstellung lachen oder weinen sollte, dass er, Nate Harlow, einen Flugball fangen könnte.

Aber dann brannte es prickelnd und knisternd in seinem Arm und in seiner Hand und ein Gefühl der Sicherheit dehnte sich wie ein Luftballon in ihm aus.

Er sprang auf die Füße und blickte starr auf den Ball. Er streckte den Arm und öffnete den Fanghandschuh. Dann senkte sich der Ball wie eine verloren geglaubte Brieftaube, die zu ihrem Schlag zurückkehrt, und ließ sich elegant auf dem Leder des Handschuhs nieder. Nate schnappte nach Luft und starrte mit Telleraugen auf den weißen Ball.

Er hielt ihn mit seinem immer noch zitternden Arm in die Höhe, damit ihn alle sehen konnten. »Ich hab ihn gefangen«, flüsterte er heiser. Dann brüllte und jubelte er: »Ich hab ihn gefangen! Ich hab ihn gefangen!«

Kinnladen fielen ungläubig herunter. Möwen hörten auf zu kreischen und der Wind sirrte nicht mehr. Die silberne Pfeife fiel dem Trainer aus dem Mund.

Ricky Sands sprang vom Pitcher's Mound und gab einen Freudenschrei von sich, der bis an die Grenze zwischen Florida und Alabama zu hören war.

Der Trainer steckte die Pfeife wieder in den Mund und pfiff. »Out!«, schrie er. »Out!« Im Handumdrehen servierte Ricky zwei weitere Spieler ab.

Die Teams wechselten die Seiten. Mary Beth Malloy (auch als Jinx bekannt) stakste zum Pitcher's Mound. Sie warf die roten Zöpfe nach hinten und ließ ihren Kaugummi knallen.

Jinx Malloy war nicht nur die beste Klarinettistin im Schulorchester. Sie konnte auch den gemeinsten und hinterhältigsten Knuckleball der ganzen Schule werfen.

»Wir sind erledigt«, stöhnte Ricky Sands.

Zuerst warf sie Goofy raus, was kein Kunststück war.

Als Nächstes machte sie Ricky fertig, was beinahe unmöglich war. Sein zweiter Schlag ging voll daneben und schickte den Ball in eine unglückliche Richtung, und beim dritten Mal verfehlte er den Ball total. »Out!«, schrie der Coach. Ricky schmiss seine Kappe in den Sand.

Dann war Nate an der Reihe.

Er schlich sich zur Platte und hielt den Schläger vorsichtig in seiner heilen Hand. »Hoffentlich klingelt es, bevor sie ihn rauswirft«, sagte jemand hinter ihm. Normalerweise hätte er zugestimmt: Den Ball zu treffen, war so gut wie aussichtslos, aber ihn einhändig mit seiner *Linken* zu treffen? Dafür wäre ein Wunder nötig.

Doch diesmal fühlte sich alles anders an. Er achtete nicht auf Jinx, die wie eine Katze grinste, bevor sie sich über einen Kanarienvogel ohne Flügel hermacht. Er hörte nicht hin, als seine Teamkameraden »Jetzt ist alles vorbei!« murmelten und ihre Schultaschen und Bücher zusammenrafften.

Nein, er achtete auf gar nichts. Alles, was er unter der Aprilsonne mitbekam, war das Gespräch zwischen dem Ball, der gegen Jinx' Handschuh klatschte, und dem Schläger, der in seiner heilen Hand vor freudiger Erwartung tanzte.

Nate hob die Schultern, richtete sich pfeilgerade auf und grinste Jinx an. »Zeig mir, was du draufhast!«, rief er ihr zu.

Er erinnerte sich anschließend gar nicht mehr daran, den Schläger geschwungen zu haben. Es gab einen Knall – so laut wie ein Böller am vierten Juli, dem Nationalfeiertag. Der Ball segelte höher und höher in den Himmel, über Jinx Malloys hochgereacktes Gesicht, über den First Baseman und die Outfielders hinweg und verharrte dann sekundenlang, als ob er sich überlegte, was er tun sollte.

»Der Ball hat wahrscheinlich einen zweiten Schub vom Wind bekommen«, sagte Nate später zu Gen. Er sammelte sich und segelte über den Maschendrahtzaun und außer Sichtweite. Später behaupteten die Leute, es sei der gleiche Baseball gewesen, der die Windschutzscheibe des brandneuen roten Lieferwagens der Marke Ford auf dem Gelände des Gebraucht- und Neuwagenhändlers Crystal Sands eingeschlagen hatte.

»Lauf, Sparky! Lauf!«, johlte Ricky Sands.

Nate ließ den Schläger fallen und rannte von Base zu Base. Sein Grinsen wurde mit jedem Sandsack, an dem er vorbeilief, breiter. Jinx schmiss ihre Kappe *und* ihren Handschuh auf die Erde.

Als er zurück zur Home Base stolzierte, applaudierte das ganze Team und rief: »*Spar*-ky! *Spar*-ky!« Alle klatschten sich ab. Nate drückte seinen mageren Brustkorb heraus. Glück zu haben fühlte sich echt gut an!

»Ich kann dir eins versichern, Gen«, sagte er, als sie nach der Schule zum Bus gingen. »Es war das reinste Wunder. Es war, als ob jemand den Ball und den Schläger verzaubert hätte.«

Sie verdrehte die Augen. »So etwas wie Zauberei gibt es nicht, und das weißt du.«

»Ja, aber –«

Gen ignorierte ihn. »Es ist durchaus im Bereich des Möglichen, dass du einen Home Run zustande bringst.«

Er wollte sie gerade daran erinnern, dass er bisher so gut wie nie einen Ball getroffen hatte und erst recht keinen Home Run einhändig geschafft hatte, als jemand seinen Namen rief.

»Hey, Sparky«, sagte Ricky Sands und klopfte ihm so kräftig auf die Schulter, dass er stolperte. »Ein paar von uns wollen im Billy-Bowlegs-Park Baseball spielen. Kommst du mit?«

Nate blieb der Mund offen stehen. Niemand hatte ihn bisher zu irgendetwas nach der Schule eingeladen. Niemand außer Gen.

Nate blickte von Ricky zu Gen. »Ich, ähm, eigentlich …«

Ricky schüttelte Nate. »Sparky, ich weiß nicht, was dich auf dem Spielfeld heute verzaubert hat, aber schauen wir doch mal, ob du's noch draufhast!«

Gen schob ihre schiefe Brille auf dem Nasenrücken hoch und legte die Stirn in Falten.

»Nathaniel und ich müssen heute die Schildkrötenregeln verteilen«, sagte sie, ohne Ricky oder Nate anzusehen.

Ricky grunzte. »Das heißt also, du musst dich entscheiden, ob du mit uns Baseball spielen oder mit *ihr* gehen willst?« Er grunzte noch einmal. »Schwere Entscheidung, Sparks.«

Gen runzelte wieder die Stirn. »Da bin ich anderer Meinung. Nathaniel ist sich der Tatsache voll bewusst, dass es von großer Bedeutung und Wichtigkeit ist, die Strände für die Bedürfnisse der Meeresschildkröten vollkommen in Ordnung zu halten.«

»Mann!« Ricky hob die Hände, um den Ansturm ihrer Worte zu stoppen. »Ich weiß nicht, worüber du laberst, Streberin, aber ich rede von Baseball.«

Gen trat näher an Nate heran. »Nathaniel weiß, wie wichtig die Rückkehr und das Überleben der Schildkröten ist – viel wichtiger als irgendein *Spiel*.« Sie schaute Nate ins Gesicht. »Sie brauchen uns, stimmt's?«

Nate blickte von Gen zu Ricky und von Ricky zu Gen.

»Du bist eine Irre«, sagte Ricky. Dann zeigte er auf Nate. »Und du bist ein viel größerer Loser, als ich dachte, wenn du lieber mit *ihr* und einem Haufen Schildkröten rumhängen willst.«

Ricky stakste durch die Menge.

»Genug von diesem Schwachkopf«, sagte Gen. »Komm, wir teilen uns die Flugblätter und –«

»Mann, Gen!«, explodierte Nate.

Sie trat einen Schritt zurück.

»Warum kannst du dich nicht *einmal* wie ein normaler Mensch benehmen?«

Und noch bevor Gen antworten konnte, rannte er los. »Wart auf mich, Ricky!«, schrie er.

»Wart auf mich!«

Gens Augen schwammen hinter ihrer Brille. Ihre Nase tropfte. Eine Hand zupfte an einer Augenbraue, während die andere über Albert Einsteins Gesicht strich. Seit sie Nate Harlow kannte – in all den Jahren –, hatte er sie noch nie angeschrien.

Sie kletterte in den Bus und setzte sich auf den letzten Platz. In der Reihe, in der sie sonst immer mit Nate saß. Sie schaute aus dem verschmierten Fenster und sah ihn: Er trottete neben Ricky Sands her und gab sich die allergrößte Mühe, mit dem größeren Jungen Schritt zu halten. Ricky sagte etwas und stieß seinen Ellbogen in Nates Seite. Nate lachte und schaute auf den Schulbus.

Er hatte sie im Stich gelassen.

Gen beobachtete, wie er kleiner und kleiner wurde, als der Bus losfuhr und die Jungen zurückließ. Ihr Herz war so schwer wie die Familienbibel der Beams, die in der Truhe aus Zedernholz ihrer Urgroßmutter ruhte.

Sie lehnte den Kopf ans Fenster und schloss die Augen. Warum war er mit Ricky Sands gegangen, wenn sie doch die Schildkrötenregeln immer zusammen verteilten? Er wusste, dass es wichtig war. Und wieso hatte er sie angeschrien und gesagt, dass sie sich wie ein normaler Mensch benehmen sollte? Sie benahm sich so, wie sie sich immer benommen hatte, und er war *immer* damit einverstanden gewesen. Sie hatten immer zusammengehalten, durch dick und dünn, egal was passierte.

Gen schaute in die großen erstaunten Augen von Albert Einstein auf ihrer Schultasche. Sie begriff fortgeschrittene Physik und die Feinheiten der Trigonometrie, aber wie die menschlichen Gefühle funktionierten, würde sie *nie* kapieren.

Gens Mutter stellte ihrer Tochter einen Teller Kekse und ein Glas Milch hin. Sie setzte sich ihr gegenüber an den kleinen Küchentisch und fragte wie immer: »Wie war dein Tag, Süße?« Mrs Beam faltete die Hände und wartete auf die üblichen Klagen über die fragwürdige Qualität des Schulsystems und den Mangel an genießbaren Speisen in der Kantine.

Stattdessen fragte Gen: »Mama, glaubst du an das Glück?«

Mrs Beam blinzelte vor Überraschung. Sie strich sich über die dunklen Haare und sagte: »Das ist eine interessante Frage, mein Schatz. Ich bin nicht sicher. Dein Vater sagt, alles ist Gottes Wille und ein Teil von Gottes

Plan. Und meine Mama hat gesagt, alles geschieht aus einem bestimmten Grund …« Ihre Stimme verlor sich. »Allerdings werden manche als Glückskinder geboren und andere haben immer nur Pech.«

»Wie Nathaniel«, sagte Gen. Bevor ihre Mutter antworten konnte, fügte sie hinzu: »Nathaniel behauptet, seit er vom Blitz getroffen wurde, hat sich alles verändert. Er glaubt, dass er jetzt kein Pech mehr hat, sondern nur noch Glück.«

»Hmmm …«, machte Mrs Beam.

»Ich erklär ihm ständig, dass es so etwas wie Glück oder Pech nicht gibt«, sagte Gen, jedoch nicht mit der gleichen Überzeugung wie sonst. »Obwohl es eine interessante Theorie ist und die Dinge sich scheinbar in diese Richtung bewegen.«

»Wirklich?«

»Aber das könnte auch nur eine selbst erfüllende Prophezeiung sein, oder, Mama? Weil er *glaubt*, Glück zu haben, hat er mehr Erfolg, ja?«

»Das kann schon sein, Schätzchen. Vielleicht hat er jetzt mehr Selbstvertrauen, weil er sich für einen glücklichen Jungen hält. Und wir wissen ja beide, dass Nate Selbstvertrauen nie im Übermaß besaß. Aber wie kann man den Unterschied zwischen der Macht des Glaubens und der Magie des Glücks beweisen?«

Gens Augen wurden groß. »Das ist es, Mama! Warum bin ich nicht selbst darauf gekommen? Jede wissenschaftliche Theorie muss geprüft, nachgeprüft und bewiesen werden.« Sie warf die Arme um den Hals ihrer Mutter. »Du bist ein Genie, Mama!«

Kapitel 9

Am Freitag kam der Verband runter.

»Also, Nate«, sagte Dr. Silverstein, »es könnte viel schlimmer aussehen. Die Ärzte im Panama City Hospital verstehen ihr Handwerk.«

Nate starrte auf die Spuren, die der Blitz hinterlassen hatte. Dünne rote Linien wanden sich wie Schlingpflanzen vom Handgelenk aus den Unterarm hoch.

Der Großvater streckte den Zeigefinger aus, um den Arm des Jungen zu berühren, überlegte es sich dann aber anders. »Tut es weh?«

»Nicht wirklich«, sagte Nate. »Manchmal fühlt es sich an, als ob Bienen unter meiner Haut krabbeln.«

Dr. Silverstein betrachtete die Nähte des Golfschlägergriffs, die sich für immer in Nates Handfläche eingebrannt hatten. Er kniff die Augen zusammen, um sich die beiden Buchstaben unter den Nähten genauer anzuschauen. »Sieht aus wie ein *G* und ein *K*.« Er schüttelte den Kopf. »Erstaunlich, was so ein Blitz fertigbringt, was?«

Nate zitterte und lächelte. »Ja.«

Der Großvater zog ihm das Hemd über die Schultern. »Der Junge scheint oft zu frieren«, sagte er zum Arzt. »Selbst wenn es draußen warm ist.«

»Das wundert mich gar nicht«, erwiderte Dr. Silverstein, während er eine nach Fisch riechende Salbe auf die Narben strich. »Auch wenn der Blitz nicht wirklich durch dich gefahren ist, konnte er doch einigen Unfug mit deinem Körper treiben. Hast du noch starke Kopfschmerzen?«

Nate plagten tatsächlich immer noch Kopfschmerzen (und er wünschte sich fast jeden Tag, dass er seine Lieblingsschuhe noch hätte). Aber er fand, dass dies ein geringer Preis für all das Glück war, das er seit jenem verhängnisvollen Tag erleben durfte. »Nein«, sagte er. »Fast nie.«

Der Großvater streckte ihm die Hand entgegen, um ihm von der Liege herunterzuhelfen. Nate hielt sich an seinem Handgelenk fest und kletterte hinunter.

Später gingen Nate und sein Großvater zum Hafen, um die Krabbenfischer zu beobachten, die vom Golf in die Bucht hineinfuhren. Paradise Beach war eigentlich eine Halbinsel zwischen dem Golf von Mexiko und der Apalachicola-Bucht, war ungefähr zwanzig Kilometer lang und fünf Kilometer breit und ragte vom Festland wie ein Daumen heraus, der von einem vorbeiziehenden Hurrikan mitgenommen werden möchte.

Auf dem Weg vom Wohnwagen zum Hafen machte Nate Fotos von einer rosa Plastiksandale (Kindergröße), einem weißen Lackschuh mit Goldschnalle (Babypuppengröße) und einem Halbschuh (Erwachsenengröße). Eine tolle Ausbeute an Schuhfotos.

Bürgermeister Barney saß auf den sonnenwarmen Planken. Er hielt schnuppernd seine feuchte schwarze Nase in die salzige, nach Fisch riechende Brise. »Guten Abend, Bürgermeister«, sagte der Großvater nickend.

Nate setzte sich neben den alten Hund und legte einen Arm um seine Schultern.

»Hi, Barney«, sagte er und streichelte seine Ohren. Der Bürgermeister leckte ihm die Nase.

Die drei saßen schweigend da und dachten über Fische, Schuhe und das Gute des vergangenen Tages nach.

Nach einem Weilchen erhob sich Barney und schüttelte seine Träumereien ab. Auch der Großvater erhob sich und schaute auf seine Uhr. »Ich denke, es ist Zeit, dass wir zur Bürgerversammlung gehen.« Dann blickte er wieder auf die Uhr. »Mich laust der Affe.«

»Was ist?«

»Meine Uhr«, sagte der Großvater und schüttelte ungläubig den Kopf. »Sie läuft wieder!«

Was man von Uhren ja auch erwartet. Aber die Uhr des Großvaters hatte in den dreizehn Jahren seit dem Tod von Nates Großmutter Jodie nicht mehr funktioniert.

Nate dachte daran, wie glatt sich die Uhr zwischen seinen Fingern angefühlt hatte, als er sich in der Arztpraxis am Handgelenk seines Großvaters festhalten musste. »Ein Glück, oder?«

Der Großvater schüttelte staunend den Kopf. »Meinst du, Pfarrer Beam würde so etwas als Wunder bezeichnen?«, fragte er, während der Bürgermeister sie zum Rathaus begleitete.

Das Rathaus von Paradise Beach war mit seinen Marmorböden, hohen Bleiglasfenstern und kunstvoll verzierten Zimmerdecken einmal ein Prachtbau gewesen. Ein herrliches Mahagonigeländer begleitete die Treppenstufen, die zu den großen Räumen im Obergeschoss führten. Als Paradise Beach noch ein betriebsamer Fischereihafen war und in den Wäldern Terpentin gewonnen wurde, bildete das Gebäude den Mittelpunkt einer lebhaften Ortschaft.

Inzwischen war das Rathaus nur noch ein Schatten seiner selbst. Die Marmorböden waren zerkratzt und stumpf und einige Fenster waren mit Brettern vernagelt. Die Säle im Obergeschoss waren im Winter zu einem wunderbaren Zuhause für Möwen und Kormorane geworden. Trotzdem ging es hier immer noch lebhaft zu. Das Gebäude wurde nämlich nicht nur als Rathaus, sondern auch von der freiwilligen Feuerwehr genutzt. Jeder, der Grund hatte, eine monatliche Versammlung abzuhalten, traf sich hier, und der höhlenartige Keller war der sicherste Ort bei einem Hurrikan oder Tornado. So spendete das alte Haus Trost, und jeder war stolz darauf.

Nate und der Großvater setzten sich neben Pfarrer Beam und Gen. Nate hatte noch nie so viele Menschen bei einer Bürgerversammlung gesehen. Mr Billy, der selbst ernannte Hausmeister des Rathauses (und Verkehrsdirektor der Stadt), schleppte noch mehr Klappstühle heran.

Nate beugte sich über seinen Großvater und fragte ziemlich laut, um sich im Lärm Gehör zu verschaffen: »Gen, was machst *du* denn hier?« Er erinnerte sich nicht, sie schon einmal auf einer Versammlung gesehen zu haben.

Gen hielt die Flugblätter mit den Schildkrötenregeln hoch und runzelte die Stirn. »Da du zu beschäftigt warst, um mir beim Verteilen zu helfen, muss ich es jetzt tun.«

Nate bekam ein schlechtes Gewissen. Er hatte Gen wirklich im Stich gelassen. Aber er hatte nicht nur einen, sondern *zwei* Home Runs zustande gebracht, und die Jungs hatten ihn nicht einmal ins Outfield gestellt. Als er daran dachte, rutschte er vor Freude auf seinem Stuhl herum.

Mr Lamprey, der Stadtrat, auf beiden Seiten von den sechs anderen Stadtverordneten flankiert, klopfte mit dem Kugelschreiber an sein Wasserglas. »Darf ich um Ihre Aufmerksamkeit bitten?«

Niemand hörte zu.

Der Großvater steckte zwei Finger in den Mund und ließ einen ohrenbetäubenden Pfiff ertönen. Bürgermeister Barney bellte. Im Raum wurde es still.

»Danke, Jonah. Danke, Bürgermeister«, sagte Mr Lamprey. Ricky Sands' Vater, der gleich neben dem Stadtrat saß, verdrehte die Augen.

»Bevor wir mit der heutigen Versammlung beginnen, haben wir wie immer das Glück, uns von Miss Lillian inspirieren zu lassen.« Er streckte einer sehr kleinen Frau die Hand entgegen. Sie presste ein paar Zettel an die Brust.

Miss Lillian ging mit zögernden Schritten nach vorn. Ihre weiß bestrumpften Beine ragten wie Pfeifenreiniger unter ihrem verblichenen Blümchenkleid hervor. Als sie in die Gesichter der Menschen schaute, die sich vor ihr versammelt hatten, hob und senkte sie den Kopf zwischen ihren Schultern. Nate fand, dass sie wie die kleinen Strandläufer am Wasser aussah.

Sie plusterte ihre Federn auf und räusperte sich. Ihre papierdünne Stimme bebte, als sie »Beachte den unglaublichen Pelikan« vorlas. Ihre hellen Augen wanderten auf dem Papier, das in ihrer Hand zitterte, hin und her.

Oh, beachte den unglaublichen Pelikan,
wenn er im Wind über die Meere segelt.
Sein Schnabel ist viel zu groß für den Kopf.
Es scheint, er ist falsch geregelt.
Er ist nur ganz gewöhnlich braun,
er hat kein raffiniertes Gefieder.
Seine Beine sind kurz, der Körper rund.
Manche sehen in ihm einen Clown.
(Nates Lehrer, Mr Peck, stöhnte.)
Doch, oh, beachte den unglaublichen Pelikan,
wenn er segelt über die Meere so blue.
Er gleitet über die schaumigen Wellen, er taucht hinein in die See.
Er füllt seinen Beutel mit Fischen dann – ein besserer Fischer als du.

Im Saal blieb es still. Miss Lillian schob die Blätter zusammen und blinzelte. »Das ist alles«, wisperte sie. Nate klatschte begeistert. Die anderen folgten höflich seinem Beispiel.

»Ich danke Ihnen, Miss Lillian, dass Sie uns wieder einmal zum Nachdenken angeregt haben«, sagte Mr Lamprey zu der zitternden Frau. »Bürgermeister, würdest du bitte so freundlich sein und Miss Lillian an ihren Platz begleiten?«

Die kleine Frau trippelte zu ihrem Stuhl zurück. Sie umklammerte ihr Gedicht und das Halsband des alten Hundes.

»Wie Sie alle wissen, findet das Billy-Bowlegs-Festival in einer Woche statt«, sagte Mr Lamprey. »Die Preise fallen dieses Jahr ein bisschen spärlich aus.«

»Weil die Leute vom Rotary-Club in Apalachicola ihr Spenden-Festival am gleichen verflixten Wochenende abhalten«, rief jemand von einem der hinteren Plätze aus. Köpfe nickten.

»Ja, sie haben eine Menge Firmen geködert, die sonst immer Preise spendieren«, brummte Mr Hull, der Trainer.

»Ach, es ist einfach nur schlechtes Timing, dass ihr Festival am selben Wochenende wie unseres stattfindet«, bemerkte Pfarrer Beam. Mehr Gemurmel im Hintergrund. Der alte Marler schnarchte. Sein Stuhl lehnte gekippt an der Wand.

»Was ist mit dem Preisgeld der Krabbenkutter-Regatta, Jonah?«, fragte der Kapitän der *LunaSee*.

Der Großvater schob seinen Zahnstocher von einem

Mundwinkel in den anderen und blickte zur Decke. Er rieb sich den sonnenverbrannten Nacken. »Also, da kann ich nur sagen: Als Zeremonienmeister hab ich schon großzügigere Spenden gesehen. Aber wegen der Wirtschaftslage und weil einige Firmen nach Tallahassee gezogen sind …« Seine Stimme verhallte.

Der alte Marler wachte erschrocken auf, als sein Stuhl nach vorne kippte. »Ich kann euch sagen, die verdammten Astronauten sind schuld, die ständig da oben rumfliegen!« Er zwinkerte.

»Aber wir haben noch eine Woche«, sagte der Großvater. »Ich krieg euch, wenn ihr für das Preisgeld noch nichts gespendet habt. Das wisst ihr genau!« Alle lachten.

»Und wir haben *doch* einen großherzigen Spender.« Mr Lamprey strahlte Ricky Sands' Vater an. »Unser guter Freund und Nachbar, Melvin Sands, hat großzügigerweise einen brandneuen Lieferwagen der Marke Ford gespendet, der zugunsten unserer Feuerwehr verlost werden soll.«

»Ich hoffe, du hast die kaputte Windschutzscheibe repariert«, rief Sully Punks. Alle lachten. Mr Sands machte ein böses Gesicht.

Nate schrumpfte auf seinem Stuhl. Wer hätte ahnen können, dass der erste Ball, den er in seinem ganzen Leben getroffen hatte, bis auf das Gelände des Gebraucht- und Neuwagenhändlers Crystal Sands geflogen war?

»Wir haben noch viele andere lustige Preise für das Krebs-Rennen, das Austern-Öffnen und das Klößchen-Wettessen«, versicherte der Stadtrat den Leuten.

Mr Brandy, Brandmeister der freiwilligen Feuerwehr von Paradise Beach, stand auf. Er räusperte sich und sagte: »Ich möchte alle daran erinnern, dass wir wegen der Dürre kein Feuerwerk veranstalten werden. Wenn wir Glück haben, können wir vielleicht am vierten Juli ein paar Raketen abschießen.«

»Ach, kommen Sie!«, sagte Mr Sands. »Ein paar Raketen schaden doch nicht.« Alle wussten, dass er als eines seiner vielen Nebengeschäfte Feuerwerkskörper verkaufte.

Der Brandmeister strich über seinen Schnurrbart und schaute nervös auf die Köpfe, die zustimmend nickten. »Also, ähm, das Gras und der Strandhafer sind strohtrocken. Ein einziger Funke würde genügen, um das ganze Ufer in Brand zu setzen.« Er guckte seine abgewetzten Schuhe an.

»Dann pumpen wir eben Wasser aus dem Golf«, sagte Mr Sands.

Noch mehr Köpfe nickten zustimmend. Jemand rief: »Was wäre das Billy-Bowlegs-Festival ohne Feuerwerk?«

»Wenn es kein Feuerwerk gibt, kommt niemand von auswärts zum Festival. Und was haben wir davon?«, fragte Mr Hull, der Trainer. »Wie können wir Geld einnehmen?«

Im Raum war beifälliges Gemurmel zu hören. Nate schaute besorgt zu seinem Großvater auf.

Und dann – man höre und staune! – stand Gen auf. Sie schob die Brille über den Nasenrücken und hob die Hand. Der Bürgermeister bellte laut.

Im Raum wurde es still.

»Ja, Miss Beam?«, fragte Mr Lamprey.

Gen holte tief Luft. Nur Nate, sein Großvater und Gens Daddy saßen so nah, dass sie sehen konnten, wie sehr ihre Knie zitterten. Mit lauter klarer Stimme sagte sie: »Eigentlich ist es eine gute Sache, dass es kein Feuerwerk geben kann.«

Mr Lamprey zog die Augenbrauen hoch. »Warum?«

Sie schwenkte ihre Zettel. »Weil die Schildkröten, wie Sie wissen, etwa zur gleichen Zeit ihre Nester bauen. Deshalb habe ich für jeden ein Exemplar der Schildkrötenregeln mitgebracht.«

Im Raum wurde ringsum gestöhnt. »Ich verstehe nicht, was die Schildkröten damit zu tun haben, ob es ein Feuerwerk gibt oder nicht«, sagte Mr Sands.

»Feuerwerk verwirrt sie«, erklärte Gen. »Auch andere Lichter am Strand. Es ist unsere Aufgabe, sie zu schützen und für sie zu sorgen. Sie sind seit Tausenden von Jahren an diese Strände gekommen, um ihre Eier abzulegen. Man kann auf sie zählen« – sie warf Nate einen schnellen Blick zu – »im Gegensatz zu einigen Leuten, die ich kenne.«

»Die Schildkröten sind ganz schön blöd, wenn du mich fragst.« Mr Sands kippelte mit dem Stuhl und grinste.

»Die Schildkröten sind wichtiger als das *blöde* Geld, das Sie mit Ihren *blöden* Feuerwerkskörpern verdienen!«, erwiderte Gen bissig.

Mr Sands setzte sich ruckartig gerade und richtete seine kalten Augen auf Gen. »Also, jetzt hör mir mal zu, Mädchen …«

Eine Gewitterwolke schob sich vor Nates Gesicht. Er wollte aufspringen, aber der Großvater packte ihn hinten am T-Shirt und zog ihn auf seinen Stuhl zurück. »Das hat nichts mit dir zu tun, Junge«, sagte er leise.

Pfarrer Beam stand langsam auf und legte den Arm um Gen. Obwohl er lächelte, lag keine Wärme in seinem Blick. »Ich glaube, meine Tochter möchte – wenn auch nicht besonders geschickt – zum Ausdruck bringen, dass unsere Naturschätze weitaus wertvoller sind als alle Dollar, die wir von den Touristen bekommen.« Köpfe nickten wieder zustimmend.

Der Pfarrer kam jetzt richtig in Fahrt und redete

weiter: »Wir sind in Paradise Beach wahrhaft mit grenzenloser Schönheit und Wundern gesegnet. Wir sind Verwalter dieses Paradieses und damit betraut, es zu schützen.«

»Amen!«, sagte Miss Lillian leise, aber hörbar.

»Heben Sie sich Ihre Predigt für den Sonntag auf!«, rief Mr Sands.

»Genau«, sagte jemand. »Wir brauchen keine Predigt, wir brauchen das Geld der Touristen.«

»*Amen* kann ich dazu nur sagen«, kam es von der Postmeisterin.

»Wir müssen unbedingt mal wieder eine Chance bekommen«, erklärte Mr Hull.

»Rowuff! Rowuff!«, bellte der Bürgermeister.

»Meine Herren!« Eine Stimme wie die Posaunen von Jericho ertönte. Im Raum wurde es still.

Eine kräftige Frau, die mit Dummköpfen keine Geduld hatte, erhob sich von ihrem Stuhl in der Ecke. Männern und Frauen, die draußen auf dem Meer den Naturgewalten trotzten, um sich ihren Lebensunterhalt zu verdienen, Leuten, die andere herumkommandierten und mit großen Geldsummen umzugehen verstanden, schlotterten die Knie. Alle, die auf den Beinen gewesen waren, setzten sich, einschließlich Pfarrer Beam und Gen.

»Oh ja, Mrs Belk, bitte reden Sie!«, stammelte Mr

Lamprey, der Stadtrat. »Wir wollen natürlich, dass Sie Ihr Gewicht – ich meine natürlich, sozusagen …«

Die Frau hob die Hand. Alle hielten die Luft an. »Als Vorstand des Garten- und Verschönerungs-Vereins von Paradise Beach spreche ich für uns alle, wenn ich sage, dass wir den Beschluss der Feuerwehr unterstützen, in diesem Jahr beim Billy-Bowlegs-Festival kein Feuerwerk zu veranstalten.« Die anderen Mitglieder des Garten- und Verschönerungs-Vereins nickten beifällig. Mrs Belk blickte sich langsam im Raum um und forderte alle heraus, ihr zu widersprechen. Niemand tat es. Fast jede Frau in Paradise Beach gehörte dem Garten- und Verschönerungs-Verein an, auch die Ehefrauen von Mr Lamprey und Mr Sands. Jeder in der Stadt hütete sich davor, sich mit dem Garten- und Verschönerungs-Verein anzulegen.

Mrs Belk, deren Mann Generaldirektor der Golfküsten-Bank war, verschränkte die Arme vor der Brust. »Und ich möchte hinzufügen, dass ich persönlich mit Pfarrer Beam übereinstimme. Man kann die gottgegebene Schönheit dieses Ortes mit keinem Preisschild versehen. Sie ist unser größter Schatz.«

»Und wir erwarten, dass alle beim Fest in unserer Küss-Bude kräftig spenden«, fügte eine kleine Frau, die einem Opossum ähnelte, im Hintergrund hinzu.

»Ja, meine Liebe«, sagte Mr Lamprey.

Nachdem Nate Gen geholfen hatte, jedem Teilnehmer der Bürgerversammlung ein Exemplar der Schildkrötenregeln in die Hand zu drücken, suchte er seinen Großvater. Er hörte Donnergrollen in der Ferne und sein Kopf tat ihm irrsinnig weh.

Endlich entdeckte er den Großvater, der mit zwei anderen Bootskapitänen sprach. Die beiden Seeleute sahen nicht glücklich aus.

»Wie stellst du es an, Jonah, die vielen Touristen auf die *Süße Jodie* zu locken? Zahlst du ihnen die Hotelrechnungen? Lädst du sie zum Essen ein oder was?«, fragte der Kapitän der *Schiffszwieback* nicht besonders freundlich.

Nates Großvater lachte verlegen und zog an seinem weißen Pferdeschwanz.

»Ja«, sagte der Kapitän der *LunaSee*. »Wie es scheint, Jonah, ist da irgendein Trick im Spiel.«

Der Großvater schob seinen Zahnstocher von einem Mundwinkel in den anderen und zuckte mit den Achseln. »Kein Trick, Rusty. Nur Glück, denke ich.«

»Dein Glück ruiniert aber das Geschäft von –«

Bevor der Fischer zu Ende reden konnte, zupfte Nate am Arm seines Großvaters. »Hey, Opa.«

Der Großvater zog den Jungen zu sich heran. »Wenn wir gerade von Glück sprechen …«

Die beiden mürrischen Kapitäne lächelten und schüttelten die Köpfe. »Wohl wahr«, sagte der Besitzer der *Schiffszwieback*.

Blitze zuckten hinter den hohen Fenstern. Nate zitterte unter der Hand seines Großvaters und stöhnte leise.

»Am besten, wir gehen nach Hause«, sagte der Großvater. »Der Junge ist kein Freund von Gewittern und wir sind zu Fuß gekommen.«

»Ich nehme euch mit«, sagte der Kapitän der *LunaSee*.

»Wenn es keine Umstände macht«, antwortete der Großvater. Wieder zuckten Blitze am Himmel. Nate zitterte wie ein ängstliches Hündchen. »Aber wenn du meinst …«

»Gar kein Problem«, sagte der Mann. Als sie zu seinem Auto rannten, packte er Nates vernarbte Hand. Die wettergegerbte Pranke des Fischers schmiegte sich an das G und das K, die der Blitz in Nates Hand gebrannt hatte. »Vielleicht färbt ein bisschen von deinem Glück auf mich ab«, fügte er im aufkommenden Sturm hinzu.

Am folgenden Tag und noch viele Tage danach hatte der Kapitän der *LunaSee* so viel zu tun, dass er kaum damit fertig wurde.

Kapitel 10

Eine glückliche Woche später segelte Nate auf seinem Fahrrad durch die Wohnwagensiedlung Magnolie zu Gens Haus. Am selben Abend würde das Billy-Bowlegs-Festival beginnen und mit der Segnung der Flotte, dem Höhepunkt des Festes, am Sonntagabend enden. In der vorangegangenen Woche hatte sich die Stadt darauf vorbereitet, den Gründer von Paradise Beach, den Piraten Billy Bowlegs, zu feiern. Ein ganzes Wochenende lang würde sich die Stadt für das angebotene Kunsthandwerk begeistern. Aber auch für die Krabbenkutter-Regatta, das Krebs-Rennen, das Nachspielen des Tages, an dem Billy Bowlegs an den Strand gespült worden war, der jetzt zu Paradise Beach gehörte, und natürlich für die unaufhörliche Fischbraterei.

Nate war selten auf dem Jahrmarkt mit seinen Karussellen, der Zuckerwatte und den Spielen gewesen. Sein Großvater hatte immer zu viel zu tun gehabt. Er musste das Boot für die Segnung der Flotte vorbereiten und Gen hasste Menschenmassen. Aber in diesem Jahr würde Nate Harlow mit Ricky Sands und dessen gleichermaßen beliebten Freunden hingehen. Er lächelte in den wolkigen Himmel und befühlte seinen Glücksbringer, die Kaninchenpfote, in seiner Tasche.

Er sah Gen auf der hinteren Veranda der Kirche des Einen Wahren Erlösers und Ewigen Lichts. Barmherzigkeit und Gutes hatten sich auf ihrem Schoß zusammengerollt.

»Hey, Gen«, sagte er, stellte sein Fahrrad ab und stieg die Stufen zur Veranda hoch. »Hast du Lust, dir mit mir anzuschauen, wie sie den Jahrmarkt aufbauen?«

Sie blickte kaum von ihrem Buch auf und murmelte: »Zu heiß.«

»Ach, komm schon, Gen«, bettelte er. »Das macht bestimmt Spaß. Mal was anderes.«

»Du weißt, dass ich *was anderes* nicht mag«, erwiderte sie bissig. So bissig wie eine Schildkröte.

Nate seufzte. »Wie lange willst du mir noch böse sein?«

Auf ihrem Gesicht und am Hals tauchten rosa Flecken auf. Sie schob die Brille auf dem Nasenrücken hoch. »Ich bin nicht böse. Es ist mir egal, ob du mit Ricky Sands und seinen doofen Banausen auf den blöden Jahrmarkt gehst.«

Nate hielt sich die Nase zu und sagte mit hoher

Stimme: »Da bin ich anderer Meinung.« Er imitierte Gen und einen ihrer Lieblingssprüche perfekt.

Nate wartete darauf, dass sie lächelte. Er wusste, dass er der Einzige war, der es sich leisten konnte, sie nachzuahmen, ohne in den Bauch geboxt zu werden.

Es kam aber kein Lächeln. Ohne ihn anzusehen, sagte sie: »Wir müssen zu unserer Düne gehen und nach den Meeresschildkröten schauen.« Sie kraulte das Kinn des getigerten Kätzchens, das Barmherzigkeit hieß. »Meine Berechnungen der Strömungen, Meerestemperaturen und Gezeiten sagen mir, dass sie jetzt bald kommen müssten. Außerdem ist heute Nacht Vollmond.«

Nate runzelte die Stirn. »Ich war noch nie auf dem Jahrmarkt, Gen. Ich möchte nur *einmal* tun, was die anderen tun.«

Zwischen den beiden Freunden entstand peinliches Schweigen.

Endlich sagte Nate: »Ich geh in einer anderen Nacht mit dir zum Strand.«

»Mach, was du willst«, sagte sie, ohne ihn anzuschauen. Das Kätzchen Gutes auf ihrem Schoß starrte ihm ins Gesicht. Und wenn die beiden Katzen sich nicht auf dem Buch zusammengerollt hätten, das sie gerade las, hätte er sich bestimmt über den Titel gewundert: *Stell dein Glück auf die Probe*.

Am Abend befühlte Nate das Geld in seiner Tasche, das ihm der Großvater für den Jahrmarkt geschenkt hatte. »Gib nicht alles auf einmal aus«, hatte er ihm geraten. »Und halte dich von den Glücksspielen fern. Sie werden von Ganoven betrieben, die dir nur das Geld aus der Tasche ziehen wollen.«

Aber Nate nahm die Worte des Großvaters nicht so wichtig, weil die Pracht des Jahrmarkts seine Gedanken, seine Nase und seine Augen überwältigte. Aufblitzende, herumwirbelnde Lichter! Der Geruch nach Popcorn, Erdnüssen, Zucker und Bratfett! Überall, wohin er schaute, sahen seine Augen die leuchtend bunten Farben der Karussells und Preise, die an allen möglichen Buden baumelten. Die Leute waren von überall hergekommen und drängten sich in den Billy-Bowlegs-Park.

Ricky Sands boxte ihn mit dem Ellbogen in die Rippen. »Mach lieber den Mund zu, Sparky, sonst saust 'ne Fliege rein«, sagte er.

Nate schloss den Mund und stapfte hinter Ricky, Connor und ein paar anderen Jungs her. Sie schoben sich bis zum Tilt-A-Whirl durch die Menge. Als Nate sich mit Ricky und Connor auf den Sitz im tassenförmigen Wagen quetschte, klopfte ihm das Herz bis zum Hals. Am Ende schlingerte nicht nur das Herz in seinem Hals.

»Du bist ja grasgrün«, sagte Connor lachend.

»Falls du kotzen musst, hau ab!«, schrie einer der anderen Jungs.

Nate schluckte und schüttelte den Kopf. »Ich bin okay.« Gen hätte die Augen verdreht.

»Schaut mal!«, sagte Ricky. »Hier gibt's den Monster-Masher!«

Nate zwang sich, in die Richtung zu blicken, in die Ricky zeigte. Ein langes silbernes Ding in Form einer Rakete schoss kreischende Leute hoch in die Luft und riss sie wieder in die Tiefe. Hoch und runter, hoch und runter flogen die schreienden, heulenden, angeschnallten und festsitzenden Passagiere. Nates Beine zitterten wie Quallen.

»Der absolute Wahnsinn«, sagten die Jungs mit ehrfürchtiger Stimme.

Nate schloss die Augen und stellte sich Gen auf ihrer Düne vor – der höchsten Düne von Paradise Beach. Das Seegras raschelte im Wind und Gen hielt am Ufer des im Mondlicht funkelnden Wassers nach den Meeresschildkröten Ausschau. In diesem Augenblick wünschte er sich nichts sehnlicher, als neben ihr zu stehen.

Ricky schlug ihn so fest auf den Rücken, dass er fast zu Boden fiel. »*Das* macht einen Mann aus dir!«

Nate seufzte und trottete hinter den anderen her, die sich ihren Weg durch die Menge zum Monster-Masher bahnten. Er beobachtete, wie die befreiten Passagiere heraustorkelten und schwankten. Mr Hull lächelte die Jungs schief an und erbrach sich dann hinter den Büschen. Nate merkte, wie sich das Würstchen, das er gegessen hatte, aus Mitgefühl in seinem Magen hob.

»Mann!«, sagte Connor. »Habt ihr den Trainer gesehen?« Die Jungs lachten, schubsten sich gegenseitig und machten Kotzgeräusche, was Nate nicht dabei half, das Würstchen dort zu lassen, wo es hingehörte.

Er schlurfte zitternd in der Schlange zur Kasse. Ricky und Connor kauften ihre Tickets und stürmten auf die riesige, keuchende Maschine los.

»Wie alt bist du denn, Junge?«

Nate machte die Augen auf und schaute an einem dicken Bauch vorbei auf die Zigarre im Mund des Kartenverkäufers. »Elf«, sagte er.

Der Mann schob seine Zigarre in den anderen Mundwinkel und klopfte mit seinem Stock auf eine Hand aus Pappe. »Siehst du das hier?«

Nate nickte.

»So groß musst du sein, um mitfahren zu können.« Er schubste Nate unter die Papphand, die mindestens fünfzehn Zentimeter über seinem Kopf in die Luft ragte. »Zu klein«, verkündete der Zigarrenmann jedem, der es hören wollte. »Du kannst nicht mitfahren, Junge.« Leiser sagte er: »Tut mir leid.«

Nate zuckte mit den Achseln und winkte Ricky und den anderen. Sie lachten und schüttelten die Köpfe, als sie nacheinander angeschnallt wurden.

Er zwang sich, langsam und die Füße nach sich ziehend weiterzugehen, damit es aussah, als sei er enttäuscht. Dabei wäre er am liebsten davongehüpft. Zum ersten Mal in seinem Leben hatte es ihm Glück gebracht, klein zu sein!

Nate ging zum Stand, an dem man mit Ringen warf.

»Fünf Ringe, fünf Chancen, Leute! Nur einen Dollar, um einen dieser fabelhaften Preise zu gewinnen!«

Mr Hull, der immer noch ein bisschen grün im Gesicht war, warf einen, dann zwei, drei, vier Ringe in die Luft. Jeder fiel ordentlich über den Hals der Milchflaschen. Er rieb sich die Hände und zwinkerte einer strahlenden Miss Trundle zu. »Der nächste ist für dich, Trudy!«

Er warf den fünften Ring. Er wackelte und schwankte in der Luft. Nate hielt den Atem an. Mr Hull und Miss Trundle hielten den Atem an. Der Ring fiel mit einem leisen *Klick*.

Miss Trundle klatschte in die dicken kleinen Hände. »Oh, Don, du bist *so* talentiert!«

Der Trainer grinste und wölbte den Brustkorb. »Such dir was aus, Trudy!«

Nate wunderte sich überhaupt nicht, als Miss Trundle

eine große rosafarbene Katze mit glitzernden Augen wählte. Sie drückte sie an ihre weiche Brust.

»Und wie wär's mit dir, mein Junge?«, fragte der Mann hinter dem Tisch. »Willst du es auch mal versuchen? Es kostet nur einen Dollar.«

Mr Hull runzelte die Stirn. »Nate, das ist nicht deine Stärke.«

Nate schaute sich die Holzringe an, die der Mann an seinem Arm kreisen ließ. Der Mann grinste. »Vielleicht hast du heute Glück, was, mein Junge?«

Glück. Nate blickte auf das G und das K in seiner Hand. Er strich mit dem Daumen über die Kaninchenpfote in seiner Tasche.

Dann trat er vor und legte seinen Dollar auf den klebrigen Holztisch. »Ja, vielleicht.« Und er *hatte* Glück.

Jeder Ring, den er warf, flog singend zum Ziel und ließ sich zufrieden seufzend auf dem Hals der nächsten Milchflasche nieder.

Und er hatte nicht nur Glück beim Ringwerfen. Oh nein, seine Hand wusste genau, welches gelbe Gummientchen, das in dem kleinen runden Teich schwamm, den besten Preis gewinnen würde. Nate erriet das Gewicht der dicken Frau grammgenau. Als er schließlich zum Baseballwerfen ging, folgte ihm eine Menschenmenge, einschließlich Ricky Sands mit seiner Truppe.

Jinx Malloy stand vor dem Tisch und klatschte den

Ball in ihre Hand. Mit zusammengekniffenen Augen musterte sie eine Reihe von Mini-Clowns, die in zwei Meter Entfernung kerzengerade wie Soldaten in einer Reihe standen.

»Du brauchst nur vier von diesen Typen runterzuhauen, kleines Fräulein«, sagte ein tätowierter Mann, als er ihr Geld entgegennahm.

Jinx starrte ihn an. Sie zog ihre Kappe tiefer, damit sie fest auf dem Kopf saß, und warf ihre Zöpfe hinter sich. Sie spuckte auf den Boden und schleuderte den Ball mit einer solchen Wucht, dass er im Freien bis nach Wewahitchka geflogen wäre. Die Clowns hatten keine Chance.

»Einer!«, schrie der tätowierte Mann. Er warf Jinx einen neuen Ball zu. »Glaubst du, dass du noch einen treffen kannst?«

Oh ja. Sie haute auch den nächsten Clown herunter. Die Leute klatschten. »Los, Jinx!«, sagte Nate. »Noch einen.«

Jinx winkelte den Arm an und grinste. Sie zielte auf einen besonders doof aussehenden Clown und ließ den Ball sausen. Er traf den Clown mitten im grinsenden Gesicht. *Wumm!* Die Hälfte seiner Mütze brach ab. Der Clown wackelte und kippte. Die Menge klatschte.

Aber der Clown fiel nicht. Er blieb stehen, wenn auch ein bisschen schief.

»Ah, Pech gehabt, meine Kleine«, sagte der Tätowierte grinsend.

»Das ist Betrug!«, schrie Jinx. »Ich hab den blöden Clown so hart getroffen – ich hätte ihm das Gesicht einschlagen können!«

Der tätowierte Mann ignorierte ihren Wutausbruch. »Wer will als Nächster?«, fragte er in die Menge.

Ricky Sands stolzierte zum Tisch und reichte dem Mann sein Geld. »Ich zeig dir, wie es geht«, sagte Ricky und zwinkerte Jinx zu.

Und es sah aus, als könnte er das. Ohne mit der Wimper zu zucken, schlug er den ersten und den zweiten Clown von ihren Plätzen. Ricky grinste und holte zum dritten Wurf aus. *Wumm!* Der Ball traf einen Clown mitten im feixenden Gesicht. Der Clown rührte sich nicht vom Fleck.

Die Leute schnappten nach Luft. Ricky starrte ungläubig auf den Clown. »Unmöglich!«, rief Connor. »Der Typ hätte runterfliegen müssen!«

»Ja, das ist Beschiss!«, schrie jemand.

Der Tätowierte schaute trotzig auf die schimpfende Menge. »Ihr zahlt euer Geld, ihr kriegt eure Chance«, sagte er. »Wer will als Nächster?«, fragte er und musterte die Leute mit zusammengekniffenen Augen.

Ricky packte Nate an den Schultern und schob ihn zum Tisch. »Er.«

Der Mann sah sich den kleinen Jungen an, der vor ihm stand und Stofftiere, Lichtschwerter und einen riesigen aufblasbaren Hammer in den Armen hielt. Der Tätowierte grinste. »Sieht aus, als wärst du heute der große Gewinner«, sagte er. »Hast du Lust, dein Glück auch hier mal zu versuchen?«

Nate zögerte. Vielleicht hatte er sein ganzes Glück schon verbraucht.

Aber dann sah er etwas zwischen den Stoffbären und Plüschgiraffen, den Plastikgewehren und Gitarren hängen: einen wunderschönen leuchtend blauen Sombrero mit roten Verzierungen. Sein Großvater hatte vor Jahren einmal fast den gleichen Hut besessen, bis er bei einem Wirbelsturm verloren gegangen war (ja, demselben Wirbelsturm, der Nates Jagdhund davongetragen hatte). Er konnte sich das Lächeln im Gesicht seines Großvaters gut vorstellen, wenn er den Sombrero gewinnen sollte.

»Okay«, sagte er.

In der Menge wurde gemurmelt. Bobby Louder und alle kleinen Louders klatschten und riefen: »*Spar*-ky! *Spar*-ky!«

Nate drückte die Stofftiere Jinx in die Arme und den Rest seiner Beute Ricky Sands. Er überreichte dem tätowierten Mann seinen letzten Dollar. Der Mann gab ihm einen Ball. »Lass dir Zeit!«

Nate sah sich die Reihe grinsender Clowns an. Der

Baseball wurde immer wärmer in seiner Hand. Er zielte und warf.

»Einer am Boden!«, rief der Tätowierte und gab Nate den nächsten Ball.

»Zwei!«

Und dann: »*Drei!*« Der Mann spuckte einen Strahl Kautabak auf die Erde. Er musterte Nate mit schmalen Augen.

Applaus schmetterte in der Abendluft. »Los, Nate!«, rief Jinx.

Er schaute in ihre Richtung und lächelte. Mit dem vierten Ball zielte er auf den Clown mit der halben Mütze. Er hätte schwören können, dass der Clown versuchte, sich hinter einem anderen zu verstecken.

»Das hast du dir so gedacht«, murmelte Nate ganz leise.

Er warf den Ball, der pfeilgerade ins Gesicht des Clowns schoss. Der Clown kippte rückwärts und richtete sich dann aber wie zuvor gleich wieder auf.

»Unmöglich!«, schrien die Zuschauer. Der Tätowierte grinste.

Aber der Ball war noch nicht fertig. Er knallte gegen die Plane im Hintergrund, prallte ab und traf den Clown am Hinterkopf. Diesmal fiel er um und stand nicht wieder auf.

Bobby Louder und alle kleinen Louders hopsten herum und brüllten: »Nate hat gewonnen! Nate hat gewonnen!«

Mr Hull grinste. »Ich habe ihm alles beigebracht«, prahlte er, und Miss Trundle sagte in einem fort: »So ein netter Junge.« Jinx Malloy hob eine Hand,und Nate klatschte sie glücklich ab.

Er drehte sich zu dem Tätowierten um. »Kann ich jetzt bitte meinen Preis bekommen?«

Der Mann machte ein finsteres Gesicht. »Such dir was aus!«, knurrte er.

Nate zeigte auf den Sombrero. »Den da!«, sagte er. Er konnte es kaum erwarten, nach Hause zu kommen und seinem Großvater den Hut zu schenken.

Ricky Sands streckte Nates Arme in die Höhe und schüttelte sie. »Du bist der Sieger, Sparky!«

Die Ärmel seines Hemdes rutschten herunter.

Die Leute schnappten nach Luft.

»Mann!«, sagte jemand hinter ihm. »Schau dir das an!« Die Menge starrte mit großen Augen auf die Zeichen des Blitzschlags, die sich um einen Arm und in die Höhe schlängelten.

Nate nahm die Arme herunter.

Der kleinste Louder ging zu ihm hin und berührte den vernarbten Arm. »Ich möchte auch was von dem Glück«, sagte er.

»Ich glaube nicht –«

Bevor er zu Ende sprechen konnte, umringten ihn die übrigen Louders und sogar ein paar ältere Jugendliche. Sie drückten ihm ihre Dollarscheine in die Hände. »Gewinn mir was!«, verlangten sie.

Und Nate tat es. Eine Runde nach der anderen, einen Dollar nach dem anderen – Nate machte die Clowns fertig. Eine Viertelstunde später hatte der tätowierte Mann keinen einzigen Preis mehr.

Die älteren Jungs schlugen Nate auf den Rücken, die Mädchen lächelten schüchtern, und die kleinen Kinder zerrten an ihm, kletterten auf seine Arme und klammerten sich an seine Beine. Er fühlte sich dreieinhalb Meter groß.

Der tätowierte Mann scheuchte die Menge weg, kam mit seinem Gesicht ganz nah an Nates Gesicht und knurrte: »Wie hast du das gemacht, Kleiner?«

Nate schüttelte den Kopf. »Ich weiß nicht, was Sie meinen.«

»Das war doch ein Trick!« Er packte Nate an den Armen und schwenkte ihn herum, als ob er irgendetwas aus ihm herausschütteln wollte. »Wo hast du es versteckt?« Der blaue Sombrero fiel auf die Erde.

Gerade, als er dachte, der Mann würde ihm die Arme auskugeln, knallte ihm Miss Trundle ihre große Handtasche auf den Hinterkopf. »Lassen Sie ihn los, Sie Halunke!«

Mr Hull mischte sich ein. »Ja, geben Sie den Jungen frei!«

Miss Trundle führte Nate von dem Tätowierten weg.

»Du hast mich bestohlen!«, schrie der Mann ihm hinterher. »*Beklaut!* Du wirst noch von mir hören!«

Kapitel 11

Zu Nates großer Erleichterung hatte der Jahrmarkt am folgenden Tag zusammengepackt und war weitergezogen. Trotzdem jagten ihm der eisige Blick des tätowierten Mannes und seine wütenden Worte – »Du wirst noch von mir hören!« – immer noch kalte Schauer über den Rücken.

Nate raste mit dem Fahrrad zum Hafen, um seinen Großvater zu suchen. Der Großvater nahm aber nicht an der Krabbenkutter-Regatta teil. Die *Süße Jodie* war schließlich ein Boot zum Hochsee-Fischen. Aber der Großvater des Großvaters hatte die Rennen vor vielen Jahren ins Leben gerufen. Das war, noch bevor es in Paradise Beach gepflasterte Straßen und Elektrizität gab.

Jonah Harlow war wie sein Vater vor ihm der selbst ernannte Zeremonienmeister der Krabbenkutter-Regatta. Er allein beurteilte, welches Boot am schönsten geschmückt war, und gab den Sieger des Rennens bekannt. Der Großvater behauptete oft, dass er an einem einzigen Tag im Jahr ein großer Fisch in einem sehr kleinen Teich sei.

Nate entdeckte den weißen Pferdeschwanz und blauen Sombrero des Großvaters. Er grinste, als er an den vorangegangenen Abend dachte, an dem er seinem Großvater den Hut geschenkt hatte.

»Opa!«

Jemand packte ihn an den Schultern. »*Du*.«

Nate fiel das Herz in die Hose. Er drehte und wand sich aus dem Griff.

»Du bist Jonah Harlows Junge.« Nate blinzelte und schaute hoch in das Gesicht, das über ihm aufragte. Es war nicht das Gesicht des Tätowierten, sondern das sonnengegerbte von Big Jim Sands, Ricky Sands' Großvater. »Mein Enkel hat mir erzählt, dass du gestern auf dem Jahrmarkt mehr Glück hattest als alle anderen.«

»Ja, ich glaube schon, dass ich eine Menge Glück hatte.« Er schaute sich verzweifelt nach seinem Großvater um.

Aber Big Jim hatte Nates Schulter im Klammergriff und zwickte sie wie ein Krebs. Er lächelte. »Wie wär's, wenn du beim Rennen in meinem Boot mitfährst? Ich könnte auch ein wenig Extraglück gebrauchen. Wie dein Großvater zum Beispiel.« Nate entging nicht, dass Big Jim nur mit seinen Lippen und um seine vom

Kautabak verfärbten Zähne herum lächelte, aber nicht mit seinen sturmgrauen Augen.

Bevor Nate jedoch antworten konnte, packte ihn ein anderer Krabbenfischer am Arm und zog ihn weg. »Der Junge will nicht mit deiner stinkigen alten Rostlaube fahren«, sagte er. »Los, Nate, du fährst mit mir!«

»Mooooment!«, knurrte Big Jim und zerrte unsanft an Nates rechtem Arm.

»Hör zu, Big Jim! Der Junge fährt mit *mir*!« Der andere Krabbenfischer zog an Nates linkem Arm. Jetzt wusste er, wie sich das Gabelbein, das Knöchelchen des Truthahns, fühlen musste, wenn es beim Erntedankfest auseinandergerissen wurde und die Leute sich etwas wünschten.

Als Nate schon glaubte, auch in zwei Teile gerissen zu werden, packte der Großvater die Handgelenke der beiden Männer. Seine Finger drückten sich fest ins Fleisch. Die Hände ließen Nate los. Und der Großvater zog den Jungen zu sich heran.

»Ich bin euch dankbar für eure Großzügigkeit, meinen Jungen auf eure Boote einzuladen«, sagte der Großvater mit einer Stimme, die Salzwasser zum Gefrieren gebracht hätte. »Nur seltsam, dass das früher nie passiert ist.«

Die beiden Männer blickten auf ihre Schuhe. Es stimmte. Weil er den Ruf hatte, immer Pech zu haben, war er im Gegensatz zu den meisten Kindern noch nie von einem Krabbenfischer aufgefordert worden, beim Rennen mitzufahren.

Der Großvater führte Nate durch die Menge, die den Hafen und die Straßen füllte. Er klopfte ihm auf die Schulter. »Alles okay?«

»Ja«, sagte er. »Es war aber schon komisch.«

Der Großvater hielt seinen blauen Sombrero fest, damit ihn die frische Brise nicht vom Kopf wehen konnte. »Die Leute haben manchmal merkwürdige Ideen.« Der Großvater hob Nate hoch und setzte ihn auf den ausgebreiteten Flügeln eines riesigen Pelikans aus Bronze ab. »Warte hier und mach keine Dummheiten. Ich muss mich um die neuen Teilnehmer kümmern. Übrigens – Gen ist auf der Suche nach dir.«

Nate schaute sich die Krabbenkutter an, die in der Bucht sanft vor sich hin schaukelten. Einige sahen mit ihren schwarzen Flaggen samt aufgedruckten Totenschädeln und gekreuzten Knochen und den falschen Kanonen wie Piratenschiffe aus. Andere waren mit bunten Luftschlangen und Weihnachtsbeleuchtung geschmückt. Ein Boot ähnelte einem Drachen. Und an den Netzen eines anderen hingen Hunderte von Luftballons. Nate lächelte. Es war schön, diese einfachen, um nicht zu sagen ausgesprochen hässlichen Boote so herausgeputzt zu sehen.

»Meine Damen und Herren«, dröhnte die Stimme des Großvaters aus dem Lautsprecher auf dem Podium der Schiedsrichter. »Willkommen beim dreiundfünfzigsten jährlichen Billy-Bowlegs-Festival und bei der Krabbenkutter-Regatta!«

Alle klatschten und jubelten.

Nate fiel etwas Kleines, Weißes unter einer Bank ins Auge. Ein winziger weißer Lederschuh – Babypuppengröße – wie der, den er in der vergangenen Woche fotografiert hatte. Was für ein Glück! Wäre es nicht toll, wenn er dieses Paar Schuhe wiedervereinen könnte? Gen hatte immer gesagt, die Chancen, dass so etwas passieren würde, stünden … also, es fiel ihm nicht ein, aber das Ganze war ziemlich unwahrscheinlich. »Ich suche Gen und zeige ihr den Schuh«, sagte er sich und suchte die Menschenmenge nach seiner Freundin ab.

»Kapitäne!«, befahl Nates Großvater von hoch oben. »Lasst die Motoren an!« Zwölf Krabbenkutter wurden hustend und prustend lebendig. Die Leute johlten und schrien. Gen stand abseits der Menge, ganz allein. Mit einer Hand schützte sie die Augen vor der Sonne, während die andere an einer Braue zupfte. Nate legte die hohlen Hände an den Mund und rief: »Gen! Hey, Gen! Hier drüben!«

Eine Hand packte Nates Flipflop. »*Du*«, zischte eine Stimme unter ihm.

Er schaute hinunter und die ganze Spucke in seinem Mund wurde staubtrocken. Eine Hand – eine Hand mit langen gelben Fingernägeln, die zu einem Arm gehörte, der mit Tätowierungen bedeckt war, umklammerte seinen Fuß.

Nate riss den Fuß zurück, als ob ihn der Blitz getroffen hätte. Er sprang von dem großen Pelikan. Der tätowierte Mann langte nach ihm.

»Kapitäne!«, befahl der Großvater wieder. »Auf die Plätze!«

»Du hast mich *beklaut*, Junge!«, knurrte der Tätowierte.

»Ich weiß nicht, was Sie meinen!«, schrie Nate und duckte sich zwischen den spindeldürren Beinen des Pelikans.

»Nathaniel! Hier drüben!« Gen winkte mit beiden Händen.

»Fertig!«, brüllte der Großvater aus dem Lautsprecher.

»Du schuldest mir was«, sagte der Mann und packte Nate am Ärmel. Nate wirbelte herum und ließ sein Hemd und einen Flipflop zurück.

»*Los!*«, schrie der Großvater.

Und Nate verschwand. Er rannte so schnell, wie er mit einem Flipflop rennen konnte. Er schob und boxte sich seinen Weg durch die Menge, was ihm eine gebrüllte Warnung von Mr Billy, dem Verkehrsdirektor der Stadt, einbrachte. Nate blickte über die Schulter zurück. Der Tätowierte holte schnell auf.

»Lieber Gott, hilf mir!«, wimmerte Nate. Er starrte auf den allerletzten Krabbenkutter, der aus dem Hafen fuhr. Nate holte tief Luft und stieß sich kräftig mit den Beinen ab. Er reckte sich, seine Arme flatterten in der Luft, die Beine traten so fest, wie sie nur konnten. Dann landete er mit einem *Rums* und einem *Klatsch* auf dem hölzernen Deck des Bootes.

Er blieb dort liegen, das Brummen des Motors am Ohr. Die Jubelschreie der Menschen wurden ein ganz kleines bisschen leiser. Er spürte, wie das Boot bebte und beschleunigte.

»Nate? Bist du das?«

Langsam setzte er sich auf. Goofy betrachtete ihn stirnrunzelnd von oben.

Nate blinzelte in die Sonne. »Hey, Goofy, wie geht's?«, fragte er, als ob er regelmäßig auf Krabbenkuttern landete.

Goofy blickte nach links, dann nach rechts und am Ende in den Himmel. »Wo zum Kuckuck bist du hergekommen?«

Nate stand mit wackligen Beinen auf und schaute zum Hafen zurück. Der Tätowierte wurde immer kleiner. Nate zitterte in der Seeluft, als die *Lorbeerblatt* Fahrt aufnahm.

Was aber nicht bedeutete, dass dieser Krabbenkutter mit der Anmut und Geschwindigkeit eines Delfins durchs Wasser zischte, und er streifte das Meer auch nicht wie eine Möwe. Nein, die *Lorbeerblatt* war ein Boot, das gern herumeierte. Es schlingerte mal in die eine, mal in die andere Richtung, je nach Lust und Laune seines Kapitäns Rem Bailey.

Goofy tippte Nate auf die Schulter. »Du zitterst ja wie Espenlaub. Komm mit zu Daddy in die Kabine.« Sie bahnten sich ihren Weg durch Taue, Seilrollen und Netze zum Führerhaus im vorderen Teil des Schiffes.

»Hey, Daddy«, sagte Goofy und schob Nate durch die Tür. »Das ist mein Freund Nate Harlow aus der Schule. Ich hab dir von ihm erzählt.«

Ein überraschend kleiner Mann lächelte von seinem Kapitänsplatz aus. »Willkommen an Bord, Nate. Du bist Jonah Harlows Junge, stimmt's? Den der Blitz getroffen hat?«

»Ja«, sagte Nate.

Goofys Vater streckte die Hand aus. »Ich bin stolz, dich kennenzulernen.«

Nate wollte die Rechte des Mannes ergreifen – und verharrte. Der Hand fehlten alle Finger bis auf den Daumen und den kleinen Finger. Sie sah aus wie eine Krebsschere.

Rem Bailey zog seine Hand zurück. »Das Risiko im

Leben eines Krabbenfischers«, sagte er und richtete seine Aufmerksamkeit wieder auf die Bucht.

Nates Ohren wurden rot. »Ja«, sagte er leise.

»Wir sind nicht mehr weit von der *Seepocke* entfernt, Daddy«, rief Goofy. Er ließ den Kopf wie ein Hund in einem Auto aus dem Seitenfenster hängen, ein breites Grinsen im Gesicht.

Die *Lorbeerblatt* stürmte prustend und stotternd los.

»Habt ihr schon mal ein Rennen gewonnen?«, fragte Nate.

Goofy hob die Schultern. »Nö«, sagte er. »Wir sind immer die Letzten. Meistens gewinnt die *Dixie Queen*, das Boot der Familie Sands, oder die *Miss Lori*.«

»Warum macht ihr überhaupt mit, wenn ihr immer die Letzten seid?«

Goofy zuckte mit den Achseln. »Mein Daddy sagt, irgendwann lacht uns das Glück, und dann gewinnen wir.« Er zupfte an einem Stück abgeblätterter Farbe herum. »Es wäre schön, wenn es dieses Jahr klappen würde«, sagte er fast zu sich selbst. »Wir könnten das Geld gut gebrauchen. Mama muss im Supermarkt Sonderschichten einlegen und ist kaum noch zu Hause.«

Plötzlich tauchte eine grauweiß gestreifte Katze auf und strich um Nates Beine. Er fuhr erschrocken zusammen.

Goofy beugte sich herunter und hob die Katze mit seinen großen Händen auf. »Das ist Mr Bowditch.« Er nahm eine der weißen Pfoten in die Hände und winkte Nate damit zu. »Sag meinem Freund Nate guten Tag!«

Nate winkte zurück.

»Dir fehlt anscheinend eine Sandale«, sagte Goofy und zeigte mit dem Finger auf Nates nackten Fuß.

»Oh, Mann!«

Er hatte so vielen einzelnen Schuhen, Sandalen und Stiefeln ein Zuhause gegeben und sie fotografiert, und jetzt saß er selbst mit nur einem Schuh da. Wieder einmal! Sein Lehrer, Mr Peck, würde so etwas wohl Ironie nennen.

Nate seufzte. »Dann mach ich wohl am besten ein Foto von dem einen, den ich noch habe.« Er langte in seine Tasche, in der die Kamera sonst immer steckte, aber die Tasche war leer. »Verflixt!«, rief er aus. »Wo ist der Apparat?«

Er rannte zum Heck des Bootes, wo er gelandet war. Keine Kamera. Seine Augen suchten das schaumige Kielwasser ab. Kein Glück.

»Was suchst du denn?«, fragte Goofy.

»Meine Kamera«, murmelte Nate. »Ich muss meinen Flipflop fotografieren, weil er … also …«

»So ein Pech. Ich hatte noch nie eine Kamera, aber ich habe zwei Schuhe.«

In diesem Augenblick hustete und würgte die *Lorbeerblatt,* als ob sie einen gewaltigen Haarball im Hals hätte. *Gäck! Gäck!*

Und dann Stille.

»Mannomann!«, brüllte Rem Bailey und rannte zum Heck.

Goofy und sein Vater beugten sich über den Motorraum und schüttelten die Köpfe.

»Sieht schlecht aus, Daddy«, sagte Goofy und legte eine Hand auf die Schulter des Mannes.

»Ja, Charles, da hast du recht.« Er haute mit einem Schraubenschlüssel auf den Motor und rüttelte an einem Draht. »Wir werden dieses Jahr wohl wieder nicht gewinnen.«

Ein Pelikan landete auf dem Führerhaus. Er breitete die braunen Flügel aus und hielt sie zum Trocknen hoch in die Sonne. Die Katze strich schnurrend um Nates Beine.

Nate machte vor Schreck wieder einen Luftsprung, stolperte über ein aufgerolltes Tau und fiel nach vorn, wobei seine Hände auf den Motorraum schlugen.

Der Motor bekam einen Schluckauf. Der Motor nieste. Und dann wurde der Motor quicklebendig.

»Wow, Daddy!«, jubelte Goofy.

Rem Bailey juchzte vor Freude, lief schnell zu seiner Kabine zurück und ergriff das Steuer.

»Haltet euch fest, Jungs!«, brüllte er, damit sie es trotz des Stampfens des Motors hörten. »Anscheinend sind wir wieder im Rennen.«

Und so war es auch. Die *Lorbeerblatt* flog über die Wellen. Delfine schwammen direkt vor dem Bug und spielten im breiten Kielwasser des Bootes. Der Pelikan kreischte auf dem Dach des Führerhauses.

Die *Lorbeerblatt* flitzte am *Seeigel* vorbei und glitt um die *Fortuna* und die *LunaSee* herum. Rem Bailey hupte und die Jungen winkten den staunenden Mannschaften beim Vorbeifahren zu.

Der kleine Krabbenkutter preschte los und galoppierte davon. »Schau, Daddy!«, rief Goofy. »Vor uns ist die *Miss Lori*!«

Rem Bailey streckte den Kopf aus dem Fenster und grinste dem Wind entgegen. »Hui und ab geht die Post!«, sagte er lachend.

Und *wie* die Post abging! Sie ließen die Besatzung der *Miss Lori* hüpfend und schaukelnd im Kielwasser zurück.

»Welches Boot ist jetzt vor uns?«, fragte Nate und schaute blinzelnd auf das Heck des stolzen, glänzenden Kutters, der ihnen vorauseilte.

»Das«, sagte Goofy mit ehrfurchtsvoller Stimme, »ist die *Dixie Queen*. Sie gewinnt fast jedes Jahr.«

Im Nu holte das kleine Boot auf. Es sah fast so aus,

als würde der Bug der *Lorbeerblatt* am Heck der *Dixie Queen* schnuppern. Dann fuhr sie neben ihr.

Nate grinste und winkte. »Hey, Ricky! Hey, Mr Sands!«

Goofy hielt die Pfote der Katze hoch und winkte damit. »Sag hallo, Mr Bowditch!«

Rickys Kinnlade hing fast so tief wie der Beutel eines Pelikans. Mr Sands schüttelte eine Faust und brüllte etwas, das Nate nie sagen durfte, wenn er nicht wollte, dass ihm der Mund mit Seife ausgewaschen wurde.

»Mach den Mund lieber wieder zu, Ricky!«, rief Nate im Motorenlärm. »Sonst springt vielleicht ein Fisch rein.«

Und damit raste die *Lorbeerblatt* an der *Dixie Queen* vorbei und der Ziellinie, einem leuchtend roten Band, das zwischen zwei Bojen gespannt worden war, entgegen.

Nate konnte seinen Großvater am Stand der Schiedsrichter sehen. Er schwenkte zwei orangefarbene Fähnchen. Die Menschen im Hafen klatschten, jubelten und schrien lauter und lauter: »*Lorbeerblatt! Lorbeerblatt! Lorbeerblatt!*«

Nate und Goofy trommelten mit den Fäusten auf den Bug des Bootes und Rem Bailey hopste auf dem Dach des Führerhauses herum. »Los! Los!«, riefen alle im Chor. Die *Lorbeerblatt* segelte durch die Ziellinie. Das zerrissene rote Band flatterte im Wind.

Nate, Goofy und sein Vater hüpften und tanzten auf dem Boot, bis es beinahe kippte. Goofy packte seinen Vater und jubelte: »Daddy, wir haben gewonnen! Wir haben gewonnen!« Und dann hob er Nate hoch und schwenkte ihn wie einen Glockenschwengel hin und her. »Wir haben gewonnen! Wir haben gewonnen! Wir haben gewonnen!«

Die *Lorbeerblatt* tuckerte stolz wie ein Pfau zum Anleger.

Alle jubelten, als Nates Großvater eine Flasche echten Champagner auf dem bescheidenen Bug der *Lorbeerblatt* zertrümmerte. Er überreichte den Baileys einen Pokal und einen Scheck über eintausend Dollar. »Alle Getränke gehen auf mich!«, rief Rem Bailey und hielt den Scheck in die Höhe. Und wieder jubelte und klatschte die Menge.

Rem Bailey schüttelte Nate so ehrfürchtig die Hand, wie er es sonst nur bei Pater Donovan tat. »Du hast den goldenen Finger, mein Junge. Alles, was du anfasst, machst du zu Gold!«

»Ich hatte nichts damit zu tun«, sagte Nate, straffte seine hängenden Schultern und lächelte.

»Von wegen!«, sagte Rem Bailey. Er wandte sich der Menge zu und sagte: »Ich weiß nur, dass der Motor toter als tot war, bevor er ihn berührt hat.«

Nate erwartete, dass alle lachten. Stattdessen nickten

einige zustimmend. Andere bestaunten ihn wie etwas Glänzendes, das halb im Sand verbuddelt war.

Im Lauf des Tages bettelten alle möglichen Kinder, Nate möge doch ihre Krebse anfassen, damit sie das Krebs-Rennen gewannen. Erwachsene Männer wollten, dass er beim Austern-Öffnen neben ihnen saß. Und die Damen des Garten- und Verschönerungs-Vereins von Paradise Beach bestanden darauf, dass er sich zur Verfügung stellte, um in der Küss-Bude geküsst zu werden.

Am Nachmittag war Nate total erschöpft.

Er zog an der Hand seines Großvaters. »Ich lauf rüber zu Gen, Opa.«

»Ich möchte jetzt auch nach Hause«, sagte der Großvater, »denn morgen früh muss ich ja zur Segnung der Flotte wieder hier sein.« Er nahm den Jungen an der Hand und gemeinsam durchquerten sie die Anlage.

Als sie ans andere Ende des Billy-Bowlegs-Parks gelangten, sahen sie auf dem Gras einen knallroten Wagen der Marke Ford mit glänzenden Radkappen stehen. Darüber flatterte ein Banner mit der Aufschrift: GEWINNE MICH FÜR EINEN DOLLAR! Der Großvater ging schnurstracks auf das Auto zu. Er schüttelte den Kopf, während er es von vorn bis hinten bewunderte. »Verflixt hübsches Ding. Daneben sieht mein alter Alfred direkt schrottreif aus.«

»Das Los kostet dich nur einen Dollar«, sagte Mr Brandy, der Brandmeister der freiwilligen Feuerwehr. »Es ist für einen guten Zweck.«

Der Großvater wühlte in seiner Hosentasche und zog einen Dollarschein hervor. Er drückte ihn Nate in die Hand. »Versuchen wir's mal, was, Junge?«

»Genau«, sagte Nate. Mit seiner vernarbten Hand reichte er dem Brandmeister den Dollar.

Kapitel 12

Ha!«, schrie Nate. »Schon *wieder* zwei Sechsen! Wie oft ist das jetzt hintereinander passiert, Gen? Hm?« Er hielt die Hand zum Abklatschen hoch, obwohl er wusste, dass Gen niemals, wirklich *nie* eine Fünf gab.

Gen nahm die Brille ab und zwickte sich in den Nasenrücken. »Zu oft«, murmelte sie. Sie blätterte durch das Buch *Stell dein Glück auf die Probe.* »Versuchen wir es mit einem anderen Test.«

Regen prasselte an das Buntglasfenster im Altarraum der Kirche des Einen Wahren Erlösers und Ewigen Lichts. Nate lehnte sich mit dem Rücken an die Kanzel. Er war froh, weg von der Menschenmasse beim Festival zu sein. *Es wäre ja gar nicht so schlimm,* dachte er, *wenn nicht alle was von mir wollten.*

Gen mischte die Spielkarten und breitete sie fächerartig mit der Vorderseite nach unten vor Nate aus. »Nimm eine!«, sagte sie.

Er zog das Pikass.

Sie mischte die Karten wieder. »Zieh eine andere!«

Das Herzass rutschte aalglatt in seine Finger.

Gen schüttelte den Kopf, mischte die Karten dreimal und sagte: »Nimm eine mit geschlossenen Augen!«

Er machte die Augen fest zu und zog das Karoass.

»Unmöglich«, sagte Gen.

In der nächsten Stunde probierte sie jeden Test im Buch mit Nate aus. Und jedes Mal hatte er Glück. Sie klappte das Buch zu und musterte ihn lange – jedenfalls lang genug für Nate, um unruhig zu werden.

»Faszinierend«, sagte sie und klopfte mit dem Bleistift auf ihrem Knie herum. »Der Blitzschlag könnte *theoretisch* bestimmte Magnetfelder in deinem Körper umgedreht haben.«

»Hä?«

»Natürlich würde das ein Magnetfeld des Pechs vor dem Blitzschlag voraussetzen«, sagte sie nachdenklich. »Was ich allerdings kaum glauben kann.«

»Aber, Gen, wie lässt es sich denn sonst erklären?«

»Es gibt das Gesetz der Anziehung oder so einen Quatsch, wobei behauptet wird, dass man im Leben das anzieht, worüber man nachdenkt. Ich habe das immer als Wunschdenken abgetan«, sagte sie.

Nate riss vor Verzweiflung die Hände in die Höhe. »Mann, Gen, du musst doch an *irgendwas* glauben!« Bevor Gen wie üblich antworten konnte, beugte sich Nate vor und sagte leise: »Komm morgen früh zur Segnung der Flotte! Mein Großvater hat ein Los gekauft. Der brandneue Ford wird doch verlost.«

»Und?«

»*Und*«, sagte er und beugte sich noch weiter vor, »*ich* habe Mr Brandy den Dollar gegeben und das Los *mit meiner verbrannten Hand* entgegengenommen.«

Von oben waren quietschende Stimmen zu hören. Anscheinend kabbelten sich Gens Geschwister.

»Das ist meins!«

»Nein, meins, *meins*!«

»Glaubst du an mich, wenn mein Großvater das Auto gewinnt?«

Gen öffnete den Mund, um etwas zu sagen, und klappte ihn wieder zu. Sie zupfte erst an der einen Braue, dann an der anderen und nickte.

Nate seufzte. »Hätte ich heute bloß nicht meinen Schuh und meine Kamera verloren. Das bedeutet weniger Glück.« Er hatte den ganzen Hafen abgesucht, wo er beide verloren hatte, und war sogar zwischen dem Seegras und den schwimmenden Fischköpfen ins Wasser gewatet, um zu sehen, ob sie unter dem Anleger gelandet waren. Kein Glück.

Gen schüttelte den Kopf. »Ich habe nie verstanden, warum du so auf verloren gegangene Schuhe fixiert bist.«

Nate zuckte mit den Schultern. »Es geht nicht um

verlorene Schuhe, sondern darum, nur *einen* Schuh an den komischsten Stellen zu *finden*. Es ist ein Rätsel.«

Sie schnaufte. »Das ist kein Rätsel – es handelt sich um gedankenlose Leute, weiter nichts.«

Nates Stirn runzelte sich vor lauter Konzentration. »Jahrelang habe ich einzelne Schuhe gesammelt, Fotos von ihnen gemacht und gehofft, dass ich die anderen fallen gelassenen Schuhe finden würde und die Paare dann wiedervereinen könnte. Und jetzt habe ich in den letzten beiden Wochen zweimal selbst einen Schuh verloren. Das ist doch seltsam.«

Am nächsten Morgen, als die Einwohner von Paradise Beach sich auf dem Kai versammelten, um die Segnung der Flotte mitzuerleben, ließ sich die Sonne kaum sehen. Möwen und Pelikane plusterten an der frischen Luft ihre Federn auf. Zehn Meter weiter draußen glänzten die glatten Körper und Rückenflossen der Delfine im Morgenlicht.

Nate und sein Großvater standen an Deck der *Süßen Jodie*. Der Großvater trank einen Kaffee, während Nate auf seine heiße Schokolade blies. »Es sind viele gekommen«, sagte der Großvater. »Die Leute scheinen heute Morgen alle ganz munter zu sein.«

Pater Donovan, Pastor Jimmy, der Rabbiner Levine und Pfarrer Beam waren in ihren Roben und gebügelten

Anzügen schön herausgeputzt. Früher hatte nur Pater Donovan die Flotte gesegnet, um sichere Fahrten und reiche Fänge zu garantieren. Diese Tradition begann vor Jahrhunderten in den meist katholischen Ortschaften des Mittelmeerraums. Aber da sich die Zeiten seit einigen Jahren geändert hatten und jetzt (eher) hart waren, hatten die Gemeinden beschlossen, dass sie alle Glaubensrichtungen brauchten.

Die Sonne erklomm den Horizont. Mr Lamprey, der Stadtrat, kletterte mit Bürgermeister Barney an seiner Seite die Stufen zur provisorischen Bühne hinauf.

»Guten Morgen, alle miteinander! Willkommen bei der dreiundfünfzigsten jährlichen Segnung der Flotte von Paradise Beach.«

»Aruff! Ruff! Ruuu!«, sagte der Bürgermeister.

»Vielen Dank, Bürgermeister, und ein herzliches Dankeschön an alle, die an diesem wunderbaren Morgen gekommen sind.« Nate wurde es leicht ums Herz, als ein Schwarm Pelikane über das glasige Wasser strich.

»Wie immer haben wir uns heute versammelt, um die Flotte der tapferen Fischer –«

»Und *Fischerinnen*«, rief Jinx Malloy vom Bug der *Athena*, des Charterboots ihrer Mutter.

»– und *Fischerinnen* zu segnen«, verbesserte sich Mr Lamprey. »Diese guten und tapferen Leute, die von den Launen des Wetters und des Meeres abhängig sind, um ihren Lebensunterhalt zu verdienen. Wir wünschen ihnen allzeit gute Fahrt und einen reichhaltigen Fang.«

Der Stadtrat zeigte auf die vier Geistlichen. »In einer Minute werde ich diese Herren zu mir herauf bitten, um den Segen zu erteilen. Anschließend gibt es ein Pfannkuchen-Frühstück im Park, das unser Rotary-Club gespendet hat. Oh, und vergesst nicht – um zehn wird das Los gezogen, das den neuen Ford gewinnt.« Applaus und Gejohle schreckten die Möwen auf.

Nate zupfte am Ärmel seines Großvaters. »Du hast das Los, oder?«

Der Großvater klopfte auf seine Hemdentasche. »Hier drin. Obwohl ich nicht glaube, dass ich Chancen habe.«

Nate glaubte auch nicht so recht daran, nachdem er seinen Flipflop und die Kamera verloren hatte.

Pater Donovan kletterte die Stufen hinauf, gefolgt von Pastor Jimmy, Rabbiner Levine und Pfarrer Beam. Die Menge wurde still.

Die vier Männer schlossen die Augen und verneigten sich. Pater Donovan hob die Hände. Die weißen Ärmel mit den goldenen Verzierungen seiner Soutane rutschten über die sonnengebräunten Arme. »Gnädiger Herr, der du die Fischer Petrus, Andreas, Jakobus und Johannes zu deinen Aposteln zähltest, wir bitten dich, diese Boote zu segnen, damit sie sich in deinem Namen rechtschaffener Arbeit widmen können. Geleite den Kapitän am Steuer. Seine Fahrten mögen erfolgreich sein, damit ihm ein ehrliches Auskommen sicher ist.«

»Amen«, sagte der Großvater.

»Beschütze die Passagiere und die Mannschaft«, fügte Pastor Jimmy hinzu.

»Und gewähre ihnen eine sichere Rückkehr, Mechayeh Hakol«, ergänzte der Rabbiner Levine.

»Und möge der Segen des allmächtigen Gottes, des Vaters, des Sohnes und des Heiligen Geistes«, tönte die Stimme von Pfarrer Beam, »auf diesen Schiffen und allen Menschen ruhen, die an Bord kommen, heute und immerdar. Amen.«

»Amen«, murmelten alle Leute, einschließlich der Kapitäne.

»Awuuuuuuuuu«, stimmte der Bürgermeister ihnen zu.

Der Großvater grinste Nate an und drückte seine Schulter. »Gütiger Herr, lass uns essen!«

Als Nate und Gen sich die letzten Tropfen Sirup von den Fingern leckten, kündigte der Stadtrat, Mr Lamprey, die Verlosung an.

»Kommt alle mit euren Losen her! Jemand fährt heute mit einem neuen Auto nach Hause.«

»Denk an unsere Abmachung!«, sagte Nate zu Gen.

Sie verdrehte die Augen.

»Mr Brandy«, sagte der Stadtrat, »ist nicht so ganz auf dem Posten und kann nicht hier sein, um den Gewinner zu ziehen.« Mr Lamprey wandte sich an den alten Hund. »Bürgermeister, würdest du bitte so freundlich sein und jemanden holen, der uns die Ehre erweist?«

Der Hund bahnte sich seinen Weg durch das Gewühl und schnüffelte hier und da, bis er zu Nate kam. »Ruuu, ruuu!«

Der Bürgermeister packte Nates Handgelenk mit dem Maul und zog ihn durch die Menge. Hände streckten sich ihm entgegen, um ihn zu berühren. Hoffnungsvolle Stimmen flüsterten: »Zieh meins, Junge! Zieh meins!« Als Nate endlich vorne ankam, hing ihm das Hemd halb aus der Hose, sodass ein kunstvolles Narbengebilde zu sehen war, das er dem Blitz zu verdanken hatte.

Der Stadtrat hielt ihm einen Schuhkarton voller Lose entgegen. »Alles gut mischen, mein Sohn!«

Nate rührte in der Schachtel.

»Und nun greif rein und zieh das Glückslos!«

Er schluckte schwer und steckte die Hand in den Schuhkarton. Als seine Finger ein Los herauszogen und es dem Stadtrat übergaben, hielt er die Luft an.

Die Menschen waren so still wie bei der Segnung.

»Gewinner ist die Nummer …« Mr Lamprey schaute mit zusammengekniffenen Augen auf das Los und rückte seine Brille gerade. Die Menge trat ungeduldig von einem Bein auf das andere.

»Gewonnen hat die Nummer 10299. Wer hat die 10299?«

»Da brat mir einer 'nen Storch!«, rief eine Stimme von ganz hinten. »Das ist *mein* Los!« Der Großvater hielt es hoch. »Ich hab ein neues Auto gewonnen!«

»Das ist nicht fair!«

»Warum hat Jonah Harlow so viel Glück?«

Misstrauische, ablehnende Blicke trafen erst Nate, dann seinen Großvater und wieder ihn.

»Komm her, Jonah, und hol dir deinen Preis ab!«, rief der Stadtrat. Seine Stimme klang ein bisschen *zu* munter.

Jonah Harlow schob sich durch die schimpfende Menge. Nur Goofy Baileys Vater klopfte ihm auf den Rücken und sagte: »Das freut mich für dich, Jonah.«

Der Stadtrat klopfte ihm auch auf den Rücken und schüttelte ihm kräftig die Hand. »Herzlichen Glückwunsch, Jonah! Hier sind die Schlüssel zu deinem nagelneuen Wagen!« Er hielt die Schlüssel hoch, damit alle sie sehen konnten. Als er sie dem Großvater übergab, sagte er: »Natürlich wird keiner von uns Sie in Zukunft erkennen, da Sie ja den guten alten Alfred nicht mehr fahren werden.«

Der Großvater lachte verlegen. Ein Journalist machte

ein paar Fotos. Die Leute entfernten sich, immer noch brummend.

Nate ging mit seinem Großvater zu dem neuen Auto, das in der Sonne glänzte. Es sah aus, als ob es sofort losfahren wollte.

»Ein tolles Ding, was?«, fragte Nate.

»Das kannst du zweimal sagen.« Der Großvater trat gegen einen Reifen und schaute auf die blitzsaubere Ladefläche. »Zu schön, um eimerweise Köder und tote Fische zu transportieren.«

Im selben Augenblick kamen Pfarrer Beam, Mrs Beam und Gen zu ihnen herüber. »Wow, Jonah Harlow! Was für ein schönes Auto!«, sagte der Pfarrer grinsend. »Glauben Sie, dass Sie in der Lage sind, das Ding zu fahren?«

Der Großvater lächelte. »Ich weiß nicht, aber ich werde es versuchen.« Er strich mit einer Hand ehrfurchtsvoll über eine Seite des Wagens. Ich habe noch nie etwas Neues besessen.«

Zwei hüpfende Jungs kamen angerannt und kletterten an den Seiten des Wagens hoch. »Können wir mitfahren?«

Der Großvater packte die Zwillinge und zog sie herunter. »Moment, Jungs! Wir wollen doch den Lack nicht zerkratzen, oder?«

Nate und Gen sahen sich an. Mrs Beam nahm die

Zwillinge bei den Händen und sagte: »Beruhigt euch, Leviticus und Joshua! Wir dürfen das schöne neue Auto von Mr Harlow nicht ramponieren.«

Alle schauten den Wagen an. Der Großvater nahm seinen blauen Sombrero ab und kratzte sich am Kopf. »Tolles Ding«, sagte er.

»Aber echt«, stimmte ihm Levi zu.

»Na, mein Sohn«, sagte der Großvater zu Nate. »Dann fahren wir jetzt mit dem Prachtstück ein bisschen spazieren. Und, Gen, du kommst mit!«

Ricky und Connor kamen angetrabt. »Hey, Sparky, wir spielen nachher Baseball drüben auf dem Feld. Und mein Vater geht mit dem Team, das gewinnt, anschließend Eis essen«, sagte Ricky.

»Ja«, sagte Connor. »Wir brauchen dich im Team, damit wir gewinnen.«

Nate schaute seinen Großvater und Gen mit stolzgeschwellter Brust an.

Pfarrer Beam lächelte. »Ich wusste nicht, dass du so eine Sportskanone geworden bist, Nate. Baseball ist ein schönes Spiel. Ein wahrer amerikanischer Sport.«

»Och, so gut wie ich spielt er auch wieder nicht«, sagte Ricky.

»Genau«, sagte Connor. »Wir brauchen vor allem sein Glück.«

Nate verlor den Mut. Er hob die mageren Schultern.

Gen schob ihre Brille hoch und funkelte die beiden Jungs an. »Darf ich euch Blödmänner daran erinnern, dass Nathaniel beim letzten Spiel einen Home Run geschafft hat?«

»Wirklich?«, fragte der Großvater überrascht.

»Wirklich?«, fragte Joshua staunend.

»Außerdem hat er«, sagte Gen, als ob sie dabei gewesen wäre, »einen Fly Ball im Outfield gefangen.«

Nate sah Gen an, als hätte sie plötzlich zwei Köpfe. Woher kannte sie überhaupt Wörter wie *Fly Ball* und *Outfield*?

Ricky zuckte mit den Schultern. »Egal, Sparky. Kommst du mit oder nicht?«

Nate blickte sehnsüchtig zu den Jungen hinüber, die sich auf dem Baseballplatz versammelt hatten. Er schaute zu seinem Großvater hoch und dann seine Freundin an.

Gen nahm ihre Brille ab und polierte sie mit einem Zipfel ihres T-Shirts. Sie sah Nate nicht an. Aber wie gern wäre sie im neuen Auto mitgefahren! Und hatten sie nicht miteinander gewettet? Nach allem, was passiert war, wäre sie sogar bereit gewesen, sich mit dem Gedanken zu tragen, dass er recht hatte: Der Blitzschlag hatte tatsächlich etwas verändert.

Sie räusperte sich. »Nathaniel, wir hatten gewettet, weißt du noch?«

Ricky schnaubte, Connor verdrehte die Augen. Nates Gesicht wurde feuerrot.

Ohne Gen oder ihre Familie anzusehen, fragte er: »Kannst du mich später abholen, Großvater? In zwei Stunden?«

Und noch bevor irgendeiner etwas sagen konnte, noch bevor er Gens verletzten Gesichtsausdruck sehen konnte, rannte Nate mit Ricky und Connor durch den Park zum Baseballfeld.

Kapitel 13

Schaut euch das an!«, sagte Mrs Beam beim Frühstück am Montagmorgen. Sie hielt die Titelseite des *Paradise Beach Herald* hoch, damit es alle lesen konnten: HAT DER BLITZ-JUNGE DEN GOLDENEN FINGER? Unter der Titelzeile war ein Foto von Nate und seinem Großvater, der lächelnd die Schlüssel seines neuen Autos in die Kamera hielt.

»Lies vor, Mama!«, bat Joshua.

»Lies es *bitte* vor!«, verbesserte Pfarrer Beam seinen Sohn.

Mrs Beam räusperte sich. »Der in Paradise Beach wohnhafte Nathaniel Harlow ist schnell zu einer lokalen Legende geworden. Vor knapp zwei Wochen wurde der Junge beim Golfspielen an seinem Geburtstag vom Blitz getroffen. Alle, einschließlich der Ärzte im Panama City Hospital, meinten, es grenze an ein Wunder, dass er überlebte, und jetzt hat der Blitzschlag unserem jungen Mitbürger wohl auch noch den goldenen Finger verpasst. Wie es scheint, hat dieser goldene Finger dabei geholfen, dass sein Großvater, Jonah Harlow, Kapitän der *Süßen Jodie,* den brandneuen Ford gewann, den die Firma Crystal Sands Gebraucht- und Neuwagen großzügigerweise gestiftet hatte.«

Gen seufzte und trug ihren Teller zur Spüle. »Ich geh in die Schule.«

Pfarrer Beam folgte seiner Tochter die schmale Treppe vom Wohnbereich hinunter in die Kirche und hinaus zu den Eingangsstufen. Er hielt das Gesicht in die Sonne und lächelte.

»Wieder ein Tag im Paradies, meine Tochter.« Er ließ eine große Hand auf ihrer Schulter ruhen. »Machst du mich heute in der Schule stolz?«

Gen zuckte mit den Achseln. Dann sagte sie: »Glaubst du, der Blitz hat etwas damit zu tun, dass Nathaniel auf einmal immer Glück hat?«

Der Pfarrer verschränkte die Hände. »Gottes Wege sind unergründlich, Gen.«

»Ja, aber kann es sein, dass der Blitz ihm sein Pech weggenommen und dafür Glück gebracht hat?«, fragte sie. »Nicht, dass ich wirklich an Glück glaube, aber um der Sache auf den Grund zu gehen –«

»Es hat nichts mit dem Blitz zu tun, meine Tochter. Der Herr gibt und der Herr nimmt.« Er beugte sich herab und gab ihrem Kopf einen Kuss. »Am besten, du gehst jetzt, damit du den Schulbus noch erwischst.«

Während Gen die rote Lehmstraße zur Bushaltestelle entlangstapfte, überlegte sie sich, was sie zu Nate wegen des Loses sagen wollte. Dass er sie wegen der Jungs im Stich gelassen hatte, tat immer noch weh. Andererseits hatte sie ihm etwas versprochen.

»Nathaniel, obwohl ich immer noch glaube, dass Glück – oder Pech – nur eine Wahrscheinlichkeit ist, die man auf sich selbst bezieht«, erklärte sie laut den Kiefern, Vögeln und der strahlenden Sonne, »fange ich an, die unwahrscheinliche, aber faszinierende Idee in Betracht zu ziehen, dass der Blitzschlag etwas in dir verändert haben könnte. Trotzdem dürfen wir nicht dem Wahn verfallen, dass …«

Gen blieb wie angewurzelt stehen. Nate wartete nicht wie sonst an jedem Morgen des ganzen Schuljahrs unter dem Fischadlerhorst im Wipfel der hohen Kiefer. Außer, als ihn der Blitz getroffen hatte.

Sie schaute die Straße entlang, einmal in die eine und dann in die andere Richtung. Kein Nate.

Gen wischte sich die Schweißtropfen von der Stirn und zupfte an einer Augenbraue. Ein graues Eichhörnchen schwatzte auf den Zweigen einer Eiche.

»Verflixt!«, sagte sie.

Der Schulbus bremste, hielt an und öffnete die Türen. Gen schaute die Straße entlang bis zur Wohnwagensiedlung Magnolie. Kein Nate.

Sie kletterte die Stufen des Schulbusses hoch. Ihre Schultasche knuffte sie in die Kniekehlen.

»Wo ist dein Komplize?«, fragte der Busfahrer.

»Er hat sich verspätet«, sagte Gen und schaute wieder in Richtung Siedlung. »Vielleicht sollten wir auf ihn warten, Mr Tom.«

Der Fahrer ließ die Tür zufallen und lachte. »Wahrscheinlich fährt sein Großvater ihn heute im neuen Auto mit den schicken Felgen in die Schule. Da braucht er nicht mehr mit der alten Sardinenbüchse zur Schule zu fahren.«

Gen schluckte den Kloß hinunter, der sich in ihrem Hals gebildet hatte, und ging im Bus nach hinten.

In der Schule dachte Gen den ganzen Tag darüber nach, wie sich für Nate das Pech in Glück verwandelt hatte.

Sie grübelte, als sie halbherzig am Whiteboard Trigonometrie-Aufgaben löste. Sie grübelte, während sie so tat, als würde sie den *Sturm* von Shakespeare lesen. Sie grübelte, während sie in der Zweigstelle Paradise Beach der Bibliothek von Franklin County Bücher in Dezimalanordnung einsortierte. Und sie grübelte, als sie ihrer Mutter beim Abwaschen des Geschirrs nach dem Abendessen half.

»Du warst heute so still beim Essen, Schätzchen. War in der Schule alles okay?«, fragte Mrs Beam.

»Ja«, sagte Gen.

Mrs Beam betrachtete ihre Tochter aus dem Augenwinkel. »Hat Nate dem Baseballteam Glück gebracht?«

Gen zuckte mit den Achseln. »Keine Ahnung. Ich habe ihn nicht mehr gesehen und nicht mit ihm geredet.«

»Hmmm …«, machte Mrs Beam, als sie die Gemüseschüssel abtrocknete. »Das sieht Nate aber gar nicht ähnlich.«

»Er rennt mit seinen neuen Freunden rum, Ricky Sands und den anderen Banausen.«

Mrs Beams Augen wurden weich. Sie legte den Arm um Gens Schultern und drückte sie an sich. »Hab Geduld mit ihm, mein Schatz. Das ist alles so neu für einen wie Nate – auf einmal beliebt zu sein und dazuzugehören.«

»Das entzieht sich meiner Kenntnis«, sagte sie und lehnte sich kurz an ihre Mutter.

»Weißt du, Gen, es würde nicht schaden, wenn du dich außer mit Nate auch noch mit anderen befreunden würdest. Es gibt doch bestimmt ein paar Jungs oder Mädchen in der Schule, die –«

Gen riss sich von ihrer Mutter los und schüttelte den Kopf. Sie und Nate. Weiter hatte sie nichts gebraucht.

»Ich geh in die Dünen und schau nach, ob die Schildkröten gekommen sind«, sagte sie. »Meiner Tabelle gemäß sind sie jeden Tag fällig.«

Mrs Beam lächelte. »Warum nimmst du die Mädchen nicht mit? Sie wollten doch schon immer mal dabei sein.«

»Diesmal nicht, Mama. Ich müsste sie erst ausbilden. Es ist kein Spiel, weißt du?«

Mrs Beam seufzte müde. »Okay, aber das nächste Mal nimmst du sie mit. Vergiss deine Taschenlampe nicht und bleib nicht zu lange weg.«

Gen folgte dem Pfad durch das Kiefernwäldchen. Aus dem roten Lehm wurde Sand und die Kiefern wurden von Hahnenfuß, struppigen Sträuchern und Geißblattranken abgelöst. Sie kletterte über eine Düne und rutschte auf den Strand hinunter – *ihren* Strand.

So nannte sie ihn zumindest, wenn sie allein war. Ihr schweres Herz nahm zu und ab wie die Gezeiten und der Mond. Gen schloss die Augen und übergab ihren logischen Geist dem Zauber des Meeres. Sie lauschte dem Rauschen und Seufzen der Wellen am Ufer. Sie sog das Duftgemisch von Salz und Fischen tief ein und genoss es in der warmen, feuchten Brise. Manchmal hätte sie fast schwören können, Meerjungfrauen unter den Wellen singen zu hören – aber natürlich wusste sie, dass es so etwas nicht gab. Sie konnte *fast* an den Zauber glauben, mit dem die Zwillinge das Meeresleuchten erklärten.

Gen richtete ihre Brille gerade. Was würde Albert Einstein davon halten, wenn er wüsste, dass sie sich albernes Zeug wie Meerjungfrauen und Zauberei vorstellte?

Sie ging vorsichtig am Strand entlang, um ihre Schuhe nicht nass zu machen, und konnte Nate direkt sagen hören: *Komm schon, Gen, du musst die Schuhe ausziehen und den Sand und den Golf spüren!* Nate war mehr Fisch als Junge. Er schwamm überall hin – weg vom Henderson-Kai, im Hafen herum, weit in die Bucht hinein, unter den Wellen im Golf –, wann immer er wollte. Sie dagegen konnte keinen einzigen Zug machen.

Sie straffte die Schultern und suchte den Strand nach irgendwelchen Verstößen gegen die Schildkrötenregeln ab. Bis auf eine Sandburg war nichts zu beanstanden. Die Leute hatten sich an die Regeln gehalten. Sie machte die Sandburg kaputt und strich den Sand mit den Schuhen glatt.

Während sie weiter am Strand entlangging, hielt sie nach den Flossenspuren der Schildkröten Ausschau, die ans Ufer kamen, um ihre Eier abzulegen. »Hmm … keine einzige Spur.« Sie nahm einen Schreibblock aus einer der vielen Taschen in ihrem Overall und las ihre Notizen durch. »Nach meinen Berechnungen sollten sie ungefähr jetzt zum Eierlegen an Land kommen.« Wurden die Schildkröten etwa so unzuverlässig wie die Menschen? Sicher nicht. Oder doch? Gen schaute zur Mondsichel hinauf. »Sie hätten letzte Woche bei Vollmond ankommen sollen«, sagte sie und zupfte an einer Augenbraue.

Am Ende des Strandes tauchte schließlich die höchste Düne von Paradise Beach auf. Sie schimmerte weiß in der dunklen Nacht. Wie hoch und unbezwinglich ihr und Nate diese Düne erschienen war, als sie diese vor Jahren entdeckt hatten! Ein hoch aufragender Berg, ein regelrechter Mount Everest aus zuckerweißem Sand.

Sie hatten sich an den Händen gefasst, ihre Schuhe und (Nates) nackte Zehen in den tiefen kühlen Sand gebohrt und waren Stück für Stück hochgekraxelt, ein Stück zurückgerutscht, dann wieder ein Stück hochgekraxelt, zurückgerutscht, bis sie endlich den Gipfel erreicht hatten. Nate und sie hatten auf der höchsten Düne von Paradise Beach gestanden und das unendliche Wunder der stillen Bucht auf der einen Seite und den rastlosen Golf von Mexiko auf der anderen Seite bestaunt. Die Düne war dann für immer zu *ihrer* Düne geworden.

Gen kletterte sie hoch und ließ sich auf dem Gipfel, den der Wind geglättet hatte, fallen.

»Ich bin hier«, sagte sie zu niemandem.

Die einzige Antwort kam vom Wind, der den Strandhafer schüttelte. Nur dieses Rascheln und das

Pschschschschsch der Wellen am Ufer waren zu hören.

»Mann«, sagte sie leise. Sie spürte ein Brennen und heißes Kratzen im Hals. »Ich werde *nicht* weinen«, erklärte sie mit zusammengebissenen Zähnen. »*Nein.*«

Gen holte tief Luft und fing an zu singen. Um ehrlich zu sein – Genesis Magnolia Beam konnte beim besten Willen keinen Ton treffen. Ihre Stimme klang wie eine verrostete Gießkanne. Selbst die netten Leute im Kirchenchor ihres Vaters rieten ihr höflich davon ab, mitzusingen. Aber hier draußen auf der Düne hatten Nate und Gen immer gesungen. Sie hatten Kirchenlieder, Popsongs aus dem Radio und alberne selbst erfundene Lieder gesungen, und zwar so laut, dass sie trotz des Windes und der Wellen noch zu hören gewesen waren. Und sie hatten den Sternen leise etwas vorgesungen, wenn einer nach dem anderen am Himmel aufgetaucht war. Nate behauptete sogar, dass ihr Gesang den Schildkröten half.

Sie schloss die Augen, holte noch einmal tief Luft und sang: »Mein kleines Licht, ich lass es scheinen. Mein kleines Licht …«

Ihre rostige Gießkannenstimme verstummte. Allein zu singen war einfach nicht das Gleiche.

Sie stieß einen Seufzer aus, der so wässrig und lang war wie die Reise der Schildkröten, die ihre Eier in den weißen Sand legen wollten. Sie ließ den Kopf auf ihre Knie sinken und schniefte. Was war mit *durch dick und dünn* passiert?

Der Mond wanderte über den Himmel, die Schildkröten bewegten sich auf Paradise Beach zu und Gen weinte.

Kapitel 14

Einige Tage später entdeckte Gen Goofy an einem Tisch in der Schulbibliothek. Er sah so traurig und verlassen aus, wie jemand nur sein konnte.

Sie wusste nicht viel über den Jungen, nur das, was sie von Nate gehört und selbst beobachtet hatte – dass er mindestens so oft geärgert wurde wie sie. Sie konnte sich gut vorstellen, wie er zu seinem Spitznamen, Goofy, gekommen war.

Gen setzte sich dem großen Jungen gegenüber und fragte: »Warum so trübsinnig, Charles?«

Goofy seufzte. »Nix stimmt, Genesis.«

»*Nichts* stimmt«, verbesserte ihn Gen. »Und erklär mir das bitte!«

Goofy blickte von seinen gefalteten Händen hoch und sah sich das Mädchen genauer an. Er hatte sich eigentlich noch nie richtig mit Genesis Beam unterhalten. Er hatte sich noch nie getraut. Sie war zu klug für ihn. Die Leute am Ort redeten darüber, wie komisch sie war, so anders als der Rest in Paradise Beach. Goofy hatte immer bewundert, dass ihre Jeans gebügelt waren und dass sie sich gegen Leute wie Ricky Sands wehrte, aber er hätte nie gedacht, dass sie jemals mit ihm sprechen würde.

»Was stimmt nicht, Charles?«

»Seit mein Vater Geld gekriegt hat, weil er die Regatta gewonnen hat, sind die anderen Krabbenfischer gemein zu ihm«, sagte Goofy. »Sie sagen, er hat das Geld nicht anständig und ehrlich gewonnen.«

Gen runzelte die Stirn. »Weshalb soll er nicht auf ehrliche Weise gewonnen haben?«

»Weil Nate an Bord war. Und weil Nate doch seit dem Blitzschlag Superkräfte und so besitzt, sagen manche Leute, dass Daddy es nicht verdient hat, zu gewinnen. Niemand will mehr mit ihm befreundet sein.« Der große Junge ließ den Kopf hängen. »Ich weiß, wie sich das anfühlt, Genesis. Es fühlt sich *schrecklich* an.«

Gen betrachtete den Jungen lange. Es war ihr bisher nicht aufgefallen, wie gutmütig er aussah. Ehrlich gesagt, der ganze Junge war ihr nicht aufgefallen.

Vielleicht, dachte sie, *hat meine Mutter doch recht gehabt, als sie sagte, ich brauche außer Nate auch noch andere Freunde.*

»Könntest du mir heute nach der Schule helfen, Schildkrötennester zu suchen?«, fragte sie.

Goofy blickte auf. »Ich dachte, Nate hilft dir dabei.«

Sie seufzte. »Das hat er früher mal gemacht, als er noch nicht so sehr mit anderen Freunden beschäftigt war. Es funktioniert besser zu zweit – das Zählen und Beobachten, meine ich.«

»Ich glaube nicht, dass ich so schlau bin wie Nate. Ich bin vielleicht eher im Weg als eine Hilfe«, sagte Goofy und stocherte mit einer Heftklammer an der Erde unter seinen Fingernägeln herum. »Das sagt jedenfalls meine Mama.«

»Da bin ich anderer Meinung«, sagte Gen.

Charles Bailey und Genesis Beam fuhren jeden Tag nach der Schule mit dem Bus zu Gen. Sie aßen eine Kleinigkeit, die Mrs Beam ihnen zubereitete, und erzählten ihr, was sie in der Schule erlebt und gelernt hatten – also völlig verschiedene Dinge.

Seit Goofy mit Gen zum Strand ging, hatten sie zwar Spuren von Schildkröten gesehen, aber keine Nester. Kein einziges.

Aber sie gaben nicht auf.

»Hey, Gen!«, rief Goofy und schwenkte etwas in der Luft herum. »Schau mal, was ich gefunden habe!« Er stapfte von dem Haufen Seegras und Treibholz, in dem er gewühlt hatte, zu Gen hinüber. Dann streckte er ihr beide Hände entgegen.

Sie schnappte nach Luft. »Ein Flipflop und eine Kamera. Sie gehören bestimmt Nathaniel!« Und so war es auch. Der Flipflop sah ziemlich mitgenommen aus und die Kamera würde wahrscheinlich nie mehr richtig funktionieren. Aber Gen wusste, was sie Nate bedeuteten.

Sie nahm Goofy die Kamera aus den Händen und wischte den feuchten Sand ab. Wenn sie Nate die Kamera brachte, wäre er vielleicht wieder ihr Freund, und alles würde wieder so sein wie zuvor. Sie würden miteinander im Bus fahren, die Schildkröten beobachten und unter den Sternen auf ihrer Düne sitzen. Vielleicht sogar mit Goofy.

»Komm, suchen wir ihn!«, sagte sie grinsend.

»Weißt du, wo er ist?«, fragte Goofy.

Sie nickte. »Wo er immer ist.« Gen steckte die Kamera und den Flipflop in ihre Strandtasche und stapfte in Richtung Billy-Bowlegs-Park.

Sie konnte es nicht erwarten, den Ausdruck in seinem Gesicht zu sehen, wenn er feststellte, dass *sie* – nicht Ricky Sands oder Connor oder Buddy – seine Schuhe wiedervereinen würde.

»Hey, wer winkt denn dort drüben wie ein Verrückter?« Ricky Sands kniff die Augen zusammen und schaute über das Baseballfeld, wo jemand Großes hinter dem Maschendrahtzaun mit den Armen wedelte.

Die Jungs, die sich für das Spiel nach der Schule warmliefen, blieben stehen und blickten zum Zaun.

»Ist das dein großer Bruder, Ricky?«, fragte Buddy.

Ricky schüttelte den Kopf. »Keine Ahnung, wer das ist.«

Dann trat jemand Kleines hinter dem Großen hervor und legte die hohlen Hände an den Mund. »Nathaniel! Nathaniel Harlow!«, schrie der kleine Jemand.

Alle schauten Nate an. »Wer ist das?«, fragte Connor.

Nate schüttelte den Kopf und zuckte mit den Schultern. »Woher soll ich das wissen?« Dabei wusste er es genau. Er würde die Stimme immer und überall erkennen. Was zum Kuckuck wollte sie hier? Er versuchte, sich so klein wie möglich zu machen, damit Gen ihn nicht entdeckte und verschwand.

Die beiden Gestalten stapften über das Feld ins Sonnenlicht, sodass alle Welt samt Jungs sie sehen konnten.

»Mannomann!«, schrie Ricky und lachte schallend.

Buddy und Connor starrten den Ankömmlingen ins Gesicht und grinsten. »Nicht zu fassen! Die komischsten Kids der ganzen Schule!«

»Hey, Nate«, sagte Goofy. »Wir haben dich überall gesucht. Ein Glück, dass wir hierhergekommen sind.«

Nate hielt das überhaupt nicht für Glück.

Ricky klopfte ihm auf den Rücken. »Hast du das gehört, Sparky? Sie haben dich überall gesucht. Da hast du ja wieder mal Glück. Wie immer.«

Gen studierte den Ausdruck in Nates Gesicht. Sie war nicht die Beste im Erkennen, was andere Leute dachten. Aber sie merkte, dass er sich nicht freute, sie zu sehen. Das würde sich allerdings ändern, wenn sie ihm die Sandale und die Kamera zeigte.

Sie schob Goofy mit dem Ellbogen zur Seite und lächelte Nate an. »Ich hab dir was mitgebracht.«

Die Jungs johlten und grölten: »Oooh, Sparky, deine Freundin hat dir was mitgebracht!« Ricky machte Kussgeräusche.

Nate lief vor Scham rot an.

Gen ignorierte die Jungs, holte eine Plastiktüte hinter ihrem Rücken hervor und gab sie Nate.

»Schau rein!«, sagte sie. Gen und Goofy grinsten. Wie zwei Idioten, fand Nate.

Die Jungs kreisten ihn ein. »Ich kann es gar nicht erwarten zu sehen, was Sparkys Freundin ihm mitgebracht hat!«, sagte Connor mit hoher Mädchenstimme.

Nate starrte Gen und Goofy an. Warum mussten sie hier auftauchen und alles verderben?

»Los, schau schon nach, was es ist!«, forderte ihn Goofy auf.

»Genau«, sagte Ricky. »Lass sehen!« Er entriss Nate die Tüte und zog einen kaputten Flipflop heraus.

Nate schnappte nach Luft. Sein Schuh!

Gen grinste. Der Ausdruck in seinem Gesicht war genau der, den sie erwartet hatte. »Wir haben auch deine Kamera gefunden. Sie ist im Plastikbeutel«, sagte sie.

Connor holte die Kamera aus der Tüte und hob sie hoch, damit sie alle sehen konnten. Wasser tropfte aus dem Gehäuse. Buddy packte die Kamera und krümmte sich vor Lachen. »Was für ein super Geschenk! Ein kaputter Fotoapparat!«

Ein Teil von Nate wollte Ricky den Flipflop und Buddy die Kamera entreißen und vor Freude tanzen, aber ein anderer Teil wollte, dass Gen, Goofy, die Sandale und der Fotoapparat einfach verschwanden.

Gen versuchte, die Kamera zu schnappen. »Sie gehört Nathaniel, nicht dir! Gib sie zurück!« Aber Buddy schubste sie und Gen fiel hin.

»Hey!«, schrie Goofy. »Lass sie in Ruhe!« Er zog Gen auf die Füße. Sie blickte von Buddy zu Nate. Er würde doch sicher zu ihr halten, wie er es immer getan hatte. Er würde den Typen bestimmt die Meinung geigen!

Gen hob die Kamera auf, die im Unkraut lag. Jemand hatte wohl im Eifer des Gefechts darauf getreten, denn sie war zerbrochen.

»Hier«, sagte Gen und reichte sie Nate mit zitternder Hand.

»Au ja, Sparky«, spottete Buddy. »Nimm deine Kamera und den Schuh und spiel mit deiner Freundin und der großen Dumpfbacke.«

Gen merkte, dass Goofy einen Schritt zurück trat. Sie wartete darauf, dass Nate den Typen sagte, sie könnten alle zusammen die Fliege machen.

Stattdessen schob er die Sandale und die nasse Kamera heftig von sich. Sie fielen zu Boden. »Was soll ich denn mit einem Flipflop und einem kaputten Fotoapparat?«

Gens ziemlich kahl gezupften Augenbrauen zogen sich verwirrt zusammen. »Aber jetzt kannst du die Schuhe wiedervereinen – so, wie du es immer wolltest.«

Buddy und Connor schmissen sich vor Lachen fast hin. Ricky runzelte die Stirn.

Nate spürte, dass sich in seinem Innern Wörter wie flüssige Lava in einem Vulkan zusammenbrauten. Er wusste, dass es schreckliche Wörter waren, *verletzende* Wörter, *gemeine* Wörter, aber er konnte sich nicht beherrschen.

»Du bist *so komisch*, Gen. Du bist so komisch wie dein Name.«

Ihre Augen wurden groß und ihr Mund stand offen. »Ich versteh nicht …«

»Du verstehst *nie* was«, sagte er.

Gen zupfte wie wild an ihren Augenbrauen. Sie spürte, wie sich ein riesiger brennender Knoten von ihrem Bauch aus bis zu den Augen ausbreitete. »Was ist los mit dir?«, wisperte sie.

Nate packte seinen Fanghandschuh. »Mit mir ist gar nichts los. *Du* bist die Irre.«

Und bevor er ihren Gesichtsausdruck sehen konnte, drehte er ihr den Rücken zu. »Los, kommt!«, rief er. »Lasst uns spielen! Ich glaube, ich hab heute Glück.«

Gen beobachtete, wie Nate über das von Unkraut überwucherte Feld stakste. Ihre Beine zitterten. Ihre Hände zitterten. Ihr ganzes Innere zitterte.

Goofy klopfte ihr auf die Schulter. »Tut mir leid, dass er die Sachen zu dir gesagt hat. Ich bin's gewohnt, aber …«

Gen versuchte, etwas zu erwidern, etwas Logisches, das Nates Verhalten erklären würde. Aber es kam nichts heraus. Sie fühlte sich nur tief, tief verletzt, so, wie noch nie in ihrem Leben. Sie hörte nur seine Worte, die sie wie Messer geschnitten hatten: *Du bist die Irre.*

Sie ließ Goofy stehen und rannte, schneller als je zuvor, weg von Nate und seinem schrecklichen, verletzenden Satz.

Kapitel 15

Das klügste Mädchen in Franklin County (und vielleicht in ganz Florida) saß auf dem Dach der Kirche des Einen Wahren Erlösers und Ewigen Lichts und presste ihre Knie an die Brust. Aus ihren Augen tropften Tränen.

Als ihre Mutter ihr zum dritten Mal sagte, sie solle zum Abendessen herunterkommen, antwortete sie zum dritten Mal: »Ich kann nicht, Mama. Ich muss nachdenken.«

Als ihre kleinen Brüder auf das Dach klettern und sich zu ihr setzen wollten, sagte sie: »Geht wieder rein! Ich muss nachdenken.«

Als ihre kleinen Schwestern die Köpfe aus dem Fenster streckten und »Weinst du?« fragten, brüllte Gen: »Verschwindet, ich denke nach!«

Später kletterte ihr Vater, der schreckliche Angst vor großen Höhen hatte, gaaanz vorsichtig auf das Dach, berührte ihr Gesicht und fragte: »Soll ich mich neben dich setzen, meine Tochter?«

Sie schniefte und schüttelte den Kopf. »Danke trotzdem, Daddy.«

Pfarrer Beam krabbelte wieder gaaanz vorsichtig über das Dach und durch das Fenster. »Bleib nicht mehr allzu lange draußen, mein Schatz«, sagte er. »Deine Mama macht sich Sorgen.«

Gen drückte ihre Knie noch fester an sich und schaute auf ihre selbst gebaute Wetterstation. Mit diesem Projekt hatte sie in der zweiten Klasse den ersten Preis der naturwissenschaftlichen Ausstellung gewonnen. Ihr Vater meinte, ihre Station sei viel, viel zuverlässiger als der Wetterfrosch im Fernsehen, der ein Barometer nicht von einem Anemometer unterscheiden könne.

Den Luftdruck und die Windgeschwindigkeit zu messen, ergab für Gen einen Sinn. Alle behaupteten, das Wetter sei ein launisches Ding, aber sie sagte immer: »Da ist überhaupt nichts Launisches dran. Man muss nur wissen, wie man es misst. Es ist eine Wissenschaft, kein *Ding*.«

Was für das klügste Mädchen in Franklin County (und wahrscheinlich in ganz Florida) keinen Sinn ergab, war Nate. Nate und seine verletzenden Worte. Er hatte sich immer für sie eingesetzt und sie für ihn. Ihre Mutter sagte, sie seien wie Erdnussmus und Marmelade. Nates Großvater sagte, sie seien wie eine Angelrute und Angelrolle. Sie passten zusammen wie eine Schildkröte und ihr Panzer. Gemeinsam waren sie besser. Wer wollte schon eine Scheibe Brot mit Erdnussmus, aber ohne Marmelade haben? Und wie würde eine Angelrute ohne Rolle funktionieren? Es war unlogisch.

Aber wenn es auch unlogisch erschien – irgendwie *hatte* er sich seit dem Blitzschlag verändert! Selbst Gen musste das zugeben. Er hatte – aus welchem Grund auch immer – auf einmal viel mehr Glück im Leben. Er bekam alles, was er wollte. Alles, was er anfasste, wurde sozusagen zu Gold.

Gen schüttelte den Kopf und wischte sich mit dem Ärmel die tropfende Nase. Und selbst, wenn das stimmte – wieso konnte man dann nicht mehr beste Freunde sein? Seit sie den kleinen Jungen zum ersten Mal im Schulbus entdeckt hatte, als sie sah, wie er sich vor den anderen Kids duckte, weil sie ihn anstarrten und verspotteten, hatte sie ihn verstanden. Sie hatte die anderen, die nicht neben ihr sitzen wollten, weil sie »komisch« war, angefunkelt, war im Bus nach hinten gegangen und hatte sich neben ihn gesetzt. Seitdem hatten sie jeden Tag (an 1 425 Tagen, wie sie schnell ausrechnete) nebeneinandergesessen.

Sie hatte erst vor Kurzem mit ihrem Physiklehrer darüber diskutiert, ob Einsteins Relativitätstheorie die Möglichkeit einer Zeitreise eröffnete. Ihr Lehrer hatte gesagt, dies sei das Zeug für schlechte Science-Fiction-

Romane. Gen hatte Einstein mit den Worten zitiert: »Die Trennung zwischen Vergangenheit, Gegenwart und Zukunft ist nur eine Illusion.« Ihr Lehrer hatte (übrigens ziemlich sarkastisch) vorgeschlagen, dass sie, wenn sie schon so viel wusste, für das naturwissenschaftliche Projekt im nächsten Jahr eine Zeitmaschine bauen und damit auf Reisen gehen sollte.

Gen seufzte. Wenn sie eine Zeitmaschine bauen *könnte,* würde sie damit als Erstes zu Nates Geburtstag zurückfliegen – bevor sie auf den Minigolfplatz gingen, bevor der Blitz den Golfschläger traf, als noch alles so war wie immer. Denn was wäre eine Schildkröte ohne ihren Panzer?

Kapitel 16

Nate stand neben Ricky, Connor und Buddy und starrte auf das Einmachglas, das einen halben Meter hoch und voller Gelee-Bonbons war. Es stand auf der Theke in Jeans Drugstore. Auf einem Zettel, den jemand auf das Glas geklebt hatte, stand: RATE, WIE VIELE GELEEBONBONS HIER DRIN SIND, DANN BEKOMMST DU EINEN MONAT LANG JEDEN TAG KOSTENLOS EINEN EISBECHER!

»Wow! Einen Monat lang Eisbecher!«, rief Ricky aus. »Ich könnte jeden Tag fünf davon essen.«

»Ha, das ist ja noch gar nichts«, sagte Buddy. »Ich wette, ich könnte zehn davon schaffen.«

Nate seufzte. Eisbecher erinnerten ihn an heiße Sommernachmittage, an denen er die Eisbecher von Mrs Beam auf der hinteren Veranda der Familie gegessen hatte, was ihn wiederum an Gen erinnerte. Und das erinnerte ihn mit einem mulmigen Gefühl im Bauch an die Worte, die er vor zwei Tagen zu ihr gesagt hatte.

»Was denkt ihr – wie viele Tausend Geleebonbons

sind da wohl drin?«, fragte Connor und kniff die Augen erst auf der einen Seite des Glases und dann auf der anderen Seite zusammen.

Buddy rieb sich die Hände wie ein gieriges Eichhörnchen. »Spielt keine Rolle«, sagte er. Er knuffte Nate in die Rippen. »Wir haben doch unsere Geheimwaffe. Wir kriegen die Eisbecher, egal welche Zahl Nate errät. Stimmt's, Sparky?«

Nate hob mit einem unguten Gefühl die Schultern. »Ich weiß nicht, wie das funktionieren soll.«

»Wäre das nicht so was wie Schummeln?«, meinte Ricky.

Buddy packte Nates Handgelenk und drückte seine Hand an das Glas. »Nein, ist es nicht. Sag uns, wie viele es sind!«

»Ich weiß es nicht.« Nate versuchte, sich aus Buddys Griff zu winden.

Jean Robbs, die Besitzerin des Ladens, tauchte hinter der Theke auf und funkelte die Jungen an. Sie zeigte auf Nate und sagte: »Was er schätzt, gilt nicht.« Und dann fügte sie mit schmalen Augen hinzu: »Und alles, was ihr anderen schätzt, auch nicht.«

»Das ist unfair!«, schimpfte Connor.

Jean Robbs stemmte die Fäuste in die Hüften. »Wie euer Freund schon gesagt hat – es wäre geschummelt. Und jetzt verschwindet aus meinem Laden!«

Die Jungen schlichen sich wie begossene Pudel in die Nachmittagshitze hinaus.

»Mist«, sagte Buddy.

»Ich hab's euch ja gleich gesagt«, behauptete Ricky.

»Halt die Klappe, Ricky!«, befahl Connor. Dann zeigte er auf Nate und sagte: »Du hast alles ruiniert.«

Darauf fingen sie an, sich fürchterlich zu streiten. Ricky sagte, er hätte von Anfang an gewusst, dass es Schummeln gewesen wäre, und Buddy fragte, seit wann Ricky so ein Musterknabe geworden wäre, und Connor meinte, wenn Buddy im Laden nicht so laut geredet hätte, wäre die Besitzerin nie darauf gekommen, was sie vorhatten.

»Schummler!«

»Musterknabe!«

»Großmaul!«

Die Jungen brüllten sich an, stakten in drei verschiedenen Richtungen davon und ließen Nate allein auf dem heißen Gehweg zurück.

»Mannometer«, murmelte er.

Als er zum Hafen lief, um nach seinem Großvater zu suchen, rannten zwei kleine Mädchen in gleichen rosa Shorts und lila T-Shirts auf ihn zu. Er lächelte und winkte. »Hey, Ruth. Hey, Rebecca.« Erst als er sie die Straße entlangkommen sah, war ihm klar geworden, wie sehr er die Familie Beam vermisste.

Die beiden Mädchen rannten auf ihn zu. Aber anstatt wie sonst immer zu quietschen, herumzuhopsen und an ihm hochzuklettern, blieben sie vor Nate stehen und starrten ihn bitterböse an. Dann machten sie einen Schritt zurück und traten gegen seine Schienbeine.

Nate schrie vor Schmerzen. »Wofür war *das* denn?«

»Du hast unsere Schwester zum Weinen gebracht, *da*für!«, kam es wütend von Ruth.

»Ja«, sagte Rebecca. »Du bist genau wie die anderen gemeinen Typen.« Sie trat als Zugabe noch einmal heftig gegen sein Bein, bevor beide Mädchen Arm in Arm in den Drugstore stolzierten.

Nate setzte sich auf den Bordstein und rieb sich die Schienbeine. Er wusste nicht, was mehr wehtat, seine Beine oder dass er Gen angeblich zum Weinen gebracht hatte. Rebecca und Ruth täuschten sich bestimmt. Solange er Genesis Beam kannte, hatte er sie nie weinen gesehen. Egal was die gemeinen Kids ihr in der Schule hinterherriefen, oder wie sie über sie redeten – sie tat so, als ob es ihr nichts ausmachte. Er war immer der Meinung gewesen, dass Gen eine harte Schale hatte, wie die Meeresschildkröten, die ihr so wichtig waren.

Zwei regennasse Nächte später saßen der Großvater und Nate in ihrem kleinen silberfarbenen Wohnwagen und starrten auf den kaputten Fernseher.

»Die Krabbenkutter und die Charterboote laufen jetzt wohl gerade ein«, sagte der Großvater seufzend. »Die Fischer werden ihre Decks waschen, zur *Lachenden Möwe* rübergehen und sich den neuesten Tratsch anhören.«

»Warum gehst du nicht auch zur *Lachenden Möwe*?«, fragte Nate.

»Sie denken, dass ich schummle und deshalb so viele Angelfahrten bekomme. Und dass ich das Auto gewonnen habe, finden einige Leute auch nicht so toll«, erklärte der Großvater.

»Wegen mir«, sagte Nate.

Der Großvater schüttelte ihn ein bisschen. »Nein, mein Sohn, die Leute haben komische Ideen. Und unter uns gesagt – ich bin nicht sicher, ob mir das neue Auto überhaupt gefällt«, gestand er. »Ich habe jedes Mal, wenn ich einen Ködereimer oder meine alten Krebsfallen hinten reinstelle und vorn mit meinen schmutzigen Klamotten einsteige, ein schlechtes Gewissen. Ich habe dann immer das Gefühl, als ob der Wagen mir das übel nimmt. Klingt das verrückt?«

»Nein, finde ich gar nicht«, sagte Nate.

»Warum bist du nicht mit deinen neuen Freunden unterwegs?«

Nate rieb mit dem Daumen auf dem Buchstaben *G* herum, der sich in seine Handfläche eingebrannt hatte. »Sie streiten sich nur noch wegen mir. Sie glauben, ich kann ihnen Glück bringen und dass ich so was wie einen goldenen Finger habe. Ich selber bin ihnen eigentlich ziemlich egal.«

Der Großvater legte den Arm um Nates Schulter und zog ihn an sich. »Wie ich schon sagte, die Leute kommen auf komische Ideen.« Er nahm Nates narbige Hand und betrachtete die Handfläche. Er strich ganz leicht mit dem Finger über das *G* und das *K*. »Meinst du wirklich, dass etwas Besonderes passiert ist?«

Nate nickte. »Ja, ich denke, dass sogar Gen jetzt daran glaubt. Und du weißt ja, wie sie ist.«

»Deine Großmutter hat früher immer gesagt: ›Es gibt mehr Dinge im Himmel und auf Erden, als eure Schulweisheit sich träumt.‹ Das ist von Shakespeare, glaube ich.«

»Gen würde es wissen«, sagte Nate.

Der Großvater nickte. »Ganz bestimmt. Und wenn wir gerade von Gen sprechen – wie mir scheint, verbringt ihr gar nicht mehr viel Zeit miteinander.«

Nate zuckte mit den Achseln. »Sie passt nicht so richtig zu Ricky, Connor und Buddy. Sie macht lieber andere Sachen als die.«

Der Großvater stand da und streckte sich. »Neue Freunde zu haben, ist immer schön, aber die alten Freunde darf man nicht vergessen. Das sind diejenigen, die zu dir halten, durch dick und dünn.«

Als Nate die vertrauten Worte hörte, kam es ihm vor, als hätte ihn jemand in den Magen geboxt.

»Ja, Opa«, murmelte er, als sein Großvater den Wohnwagen verließ.

Nate warf sich auf sein Bett. Seine Augen wanderten in dem winzigen Raum umher und sahen die verblichenen Vorhänge und das Bücherregal, das aus Ziegelsteinen und aus Plastik-Milchkästen gebaut worden war. Sein umherschweifender Blick blieb auf dem roten Basketballschuh im Schrank ruhen. Wie gern würde er noch die alten Sneakers tragen. Wie gut sie jede Ecke und jeden Winkel seiner Füße zu kennen schienen! Er hatte es nicht fertiggebracht, zum Minigolfplatz zurückzugehen und nach dem anderen Schuh zu suchen. Er seufzte und schaute zur Seite.

»Manchmal wünsche ich mir, dass es nie passiert wäre«, sagte er zu dem Foto seiner Eltern. »Ich wünschte, es würde mir wieder weggenommen.«

Wie kann ich das Glück, das der Blitz mir geschenkt hat, bloß zurückgeben?, fragte sich Nate, während er dem Regen lauschte, der an die Fenster des Wohnwagens trommelte. Ihm fiel in ganz Franklin County nur ein einziger Mensch ein, der es wüsste.

Kapitel 17

Goofy Bailey saß im Schulbus von Mr Tom und dachte über Freundschaften nach. Es machte ihn traurig, dass Nate und Gen, die einzigen Freunde, die er hatte, sich nicht mehr zu mögen schienen. Goofy, dessen bester Freund immer Mr Bowditch, der Kater, gewesen war, meinte, dass man, wenn man das Glück hatte, einen Freund zu haben, Glück genug hatte. Wenn man mehr als einen Freund besaß, dann war man der glücklichste Mensch überhaupt. Man beschimpfte seine Freunde nicht und tauschte sie nicht gegen neue ein. Man hielt zu ihnen, auch wenn man wütend auf sie war. Am Abend zuvor hatte er sich beim Auftauchen des allerersten Sterns gewünscht, dass Nate und Gen wieder miteinander reden würden und sie alle zusammen Freunde sein könnten.

Die Bustüren schlossen sich. Jemand ließ sich auf den Platz neben Goofy gleiten und fragte leise: »Wo ist Gen?«

Goofy starrte die Erscheinung an, die geduckt neben

ihm saß: Ein Sweatshirt, das drei Nummern zu groß war, die Kapuze über das Gesicht gezogen, dunkle Sonnenbrille und Handschuhe. Was ihm aber wirklich fast die Sprache verschlug, war der schlecht hingekritzelte Schnurrbart über der Oberlippe.

»Wer bist du?«, fragte Goofy.

Die Erscheinung duckte sich noch tiefer. »Pst, nicht so laut! Ich bin's, Nate.«

»Nate?«, fragte der große Junge ungläubig. »Was um alles in der Welt –«

»Pssst!«, zischte Nate. »Ich hab mich verkleidet.«

Goofy runzelte die Stirn. »Aber es ist doch nicht Halloween!«

Nate schaute von einer Seite des Busses auf die andere. »Das weiß ich. Ich hab mir nach der Schule andere Sachen angezogen. Ich will nicht, dass mich jemand im Bus erkennt.«

»Ich dachte, es gefällt dir, dass dich jeder erkennt. Jetzt, wo du so beliebt bist.«

»Ich war mal beliebt, aber jetzt ist alles ziemlich komisch geworden. Die Leute streiten sich wegen mir.«

Die beiden Jungs dachten darüber nach, während der Bus auf der Sandstraße entlangholperte.

»Wohin fährst du?«, fragte Nate.

»Ich fahre zu Gen rüber, um zu sehen, wie es ihr geht«, sagte Goofy. »Freunde tun so was.«

»Ist sie mir immer noch böse?«

Goofy zog die Stirn kraus. »Du hast sie sehr verletzt, Nate. Deshalb ist sie nicht mehr in die Schule gekommen, und du weißt ja, wie wichtig die Schule für sie ist.«

Nates Herz sank tiefer als der Bauch eines Krebses. Er wusste genau, wie sehr Gen die Schule liebte. Sie war bestimmt das einzige Kind in Paradise Beach und wahrscheinlich in ganz Florida, dem es vor den Sommerferien graute.

Der Bus kam neben der hohen Fichte zum Stehen. Goofy ergriff den Plastikbeutel voller Bücher für Gen und stand auf.

Nate schlich sich hinter dem großen Jungen aus dem Bus. Unten angekommen rief Mr Tom ihm nach: »Alles klar, Nate?« Er seufzte. Goofy hatte ihn auffliegen lassen.

Als sie die rote Lehmstraße entlang und an den Kiefern vorbei zur Kirche des Einen Wahren Erlösers und Ewigen Lichts stapften, brannte die Sonne heiß wie Feuer vom Himmel. Schweiß rann Nate über den Rücken und klebte seine Haare unter der Sweatshirt-Kapuze am Kopf fest. Er wischte sich die Tropfen von der Oberlippe. Seine Hand war schweißnass.

»Ich muss Gen etwas fragen. Meinst du, sie redet mit mir?«

Goofy beobachtete eine Krähe im hohen Baum. »Schwer zu sagen. Worüber willst du denn mit ihr reden?«

»Ich muss rausfinden, wie ich das Glück wieder loswerde. Sie ist wahrscheinlich die Einzige, die so etwas weiß.«

»Du willst wieder Pech haben? Warum denn das?«

»Also, ich will nicht unbedingt Pech haben«, versuchte er zu erklären. »Nicht, wenn ich es vermeiden kann. Aber ich möchte gern, dass alles wieder so ist, wie es war, bevor ich vom Blitz getroffen wurde.«

Goofy schüttelte den Kopf. Seine Mutter sagte immer, dass die Menschen nie mit dem zufrieden waren, was der Herr ihnen schenkte, was auf Nate jedenfalls zuzutreffen schien.

Er hob die Schultern. »Wir werden sehen. Sobald wir da sind.«

Die beiden Jungen blieben im Schatten des Kiefernwaldes stehen und schauten über den Parkplatz auf die Kirche des Einen Wahren Erlösers und Ewigen Lichts. Wie immer standen die Kirchentüren für die Sonne, die salzige Luft und jeden, der zufällig vorbeiging, weit offen. Nate hörte die hellen Stimmen von Ruth und Rebecca aus dem Altarraum. Er hätte sie gern wiedergesehen, aber seine Schienbeine taten ihm immer noch von den

Tritten weh, die sie ihm vor ein paar Tagen versetzt hatten.

»Könntest du vielleicht zuerst reingehen und mit ihr reden?«, fragte er und strich über die Beulen an einem Bein.

Nate beobachtete im Schatten der Bäume, wie Goofy über den Parkplatz schlenderte. Er hörte die lachenden, singenden, juchzenden Stimmen der Mädchen, als sie »Charles!« riefen. »Es ist Charles!« Dann sah er, wie sie die Arme um seine Taille schlangen und versuchten, an ihm hochzuklettern. Nates Hals verknotete sich und brannte, als der Junge und die Zwillinge in der kühlen Dunkelheit der Kirche verschwanden.

»Wo ist eure Schwester?«, fragte Goofy die Zwillinge, während sie in seinen Hemdentaschen wühlten, wo er bekanntlich immer seine Zitronenbonbons für sie aufbewahrte.

»Sie ist auf dem Dach«, sagte Ruthie. »Und kommt überhaupt nicht mehr runter.«

»Mama macht sich Sorgen«, sagte Rebecca.

Die Mädchen umklammerten Goofys Hals und ließen sich huckepack die Treppe hinauf zu den Wohnräumen tragen.

»Sie *sagt*, sie hat zu tun – sie muss nachdenken«, fügte Ruthie hinzu.

Goofy schaute in die Küche, wo Mrs Beam gerade ein

Blech mit etwas ganz wunderbar Duftendem aus dem Ofen holte. Sie strahlte, als sie den Jungen sah.

»Oh, Charles, ich bin so froh, dass du da bist! Vielleicht kannst du Gen überreden, vom Dach runterzukommen und etwas zu essen.«

Goofy erinnerte sich an den Tag, als Mr Bowditch sich wegen eines Hundes auf einen Baum flüchtete und stundenlang nicht runterkam. Der Kater war mitten in einem Wirbelsturm auf den Baum geklettert. (Jedenfalls hatte der Wind fast so kräftig wie ein Wirbelsturm geblasen.) Die Zweige hatten sich in alle Richtungen gebogen und der Regen hatte ihn fast ertränkt, als er Mr Bowditch mit einem Schokokeks und einer Schüssel voll süßer Milch herunterlockte.

»Könnte ich bitte etwas Milch und ein paar Kekse haben?«, fragte er.

Mrs Beam zwinkerte. »Ja, natürlich, Charles, aber was ist mit Gen?«

Er nahm die noch warmen Kekse und das Glas Milch entgegen. »Wenn es bei einem Kater funktioniert hat, klappt es vielleicht auch bei Gen«, sagte er und ging ans offene Fenster.

Goofy kletterte vorsichtig aus dem Fenster und auf das Dach. Da hockte Gen wie eine Krähe neben ihrer Wetterstation und spähte durch ein Fernglas.

»Hey«, rief er ihr zu.

Sie drehte sich nicht einmal um.

Er rückte näher. »Ich hab dir Kekse und Milch mitgebracht«, sagte er. »Die Kekse sind noch warm, ganz frisch aus dem Ofen. Schoko und Hafer – deine Lieblingskekse.« Goofys Bauch knurrte und erinnerte ihn daran, dass es auch *seine* Lieblingskekse waren.

Gen senkte das Fernglas und sah ihn streng an. »Wieso hast du Nathaniel mitgebracht?«

Goofy schluckte und rückte noch ein bisschen näher. Er erinnerte sich, wie Mr Bowditch ihn oben im Baum angefaucht hatte. Mit seiner besten Katzenberuhigungsstimme sagte er: »Nate braucht deine Hilfe, Gen. Er sagt, du bist wahrscheinlich die Einzige, die klug genug ist, um ihm helfen zu können.«

»Hmpf«, machte sie und hob das Fernglas wieder an die Augen. »Wieso versteckt er sich eigentlich unter einem blöden Kapuzen-Sweatshirt, wenn es –« Gen senkte das Fernglas und blinzelte ihre Wetterstation an – »zweiunddreißig Grad warm ist bei einer relativen Luftfeuchtigkeit von dreiundsechzig Prozent?«

»Er hat sich verkleidet, weil sich alle wegen ihm streiten«, erklärte Goofy, obwohl er das Ganze selbst nicht verstand.

»Kapier ich nicht«, murmelte Gen. Sie rutschte zu Goofy hinüber und nahm einen Keks und das Glas Milch entgegen.

Goofy lächelte. Genau wie Mr Bowditch.

»Jedenfalls will Nate«, sagte er, »dass alles wieder so wird wie früher – bevor ihn der Blitz traf und er auf einmal nur noch Glück hat und beliebt geworden ist. Er sagt, dass du wahrscheinlich die Einzige bist, die weiß, wie das zu machen ist.«

Gen runzelte die Stirn. »Woher soll ich das wissen?« Sie rückte von Goofy ab, aber er hatte trotzdem den feuchten Glanz in ihren Augen und das trotzige Recken ihres Kinns bemerkt. »Nenn mir außerdem *einen* Grund, weshalb ich ihm helfen sollte, nach allem, was er zu mir gesagt hat.« Ihr trotziges Kinn zitterte.

Er seufzte. »Weil er bis vor Kurzem dein allerbester Freund war, Gen.«

Goofy wartete in der heißen Sonne auf dem Dach auf ihre Antwort, aber es kam keine. Er ließ den Teller mit den Keksen stehen und ging vorsichtig zum Fenster zurück. Als er schon halb durchgekrochen war, rief Gen ihm nach: »Wenn er wirklich glaubt, dass sich alles nach dem Blitzschlag geändert hat, dann wäre es nur logisch, dass er wieder getroffen werden muss, damit sich alles zurückverwandelt.«

Goofy legte die Stirn in Falten. »Okay, Gen. Ich sag ihm Bescheid.«

Als Goofy in die Küche kam, sah Mrs Beam ihn an und fragte: »So? Kommt sie runter?«

Goofy schüttelte den Kopf. »Die Menschen sind viel komplizierter als Katzen.«

»Sie hat *was* gesagt?«, fragte Nate zum dritten Mal.

Goofy zog Nate die Kapuze vom Kopf, damit er besser hören konnte. »Ich hab gesagt, sie ist immer noch böse auf dich!«, brüllte er. »Und sie hat gesagt, wenn du willst, dass sich dein Glück zurückverwandelt, musst du dich noch mal vom Blitz treffen lassen!«

Nate schüttelte den Kopf und schaute zu der Gestalt auf dem Kirchendach hoch. »Ich hab dich schon beim ersten Mal verstanden, Goofy, aber wie zum Kuckuck soll ich es schaffen, noch einmal vom Blitz getroffen zu werden?« Und selbst, wenn er wüsste, wie das ging – wer konnte ihm versichern, dass es ihn diesmal nicht umbringen würde? »Ich hatte es schließlich schon beim ersten Mal nicht geplant.«

Goofy und Nate nahmen die Abkürzung durch das Wäldchen zur Wohnwagensiedlung Magnolie. Dunkle Wolken huschten über den Himmel und bedeckten die Sonne. Donner grollte in der Ferne.

»Also, da war mal ein Typ namens Benjamin Franklin mit seinem Drachen und einem Schlüssel. Wir haben das in der Physikstunde im letzten Jahr durchgenommen«, sagte Goofy.

Nate zitterte trotz des Sweatshirts und in seinem Kopf

pochte es. »Ich weiß«, sagte er und schaute nervös in den Himmel. »Aber ich hab keinen Drachen.«

Es donnerte lauter. Blitze zuckten so nah, dass ihm die Haare auf den Armen und im Nacken zu Berge standen. Wie von allein flitzten seine Beine und Füße zum Wohnwagen.

»Langsam, Nate! Warte!«

Nate warf sich in den Wohnwagen und rannte über den Flur, als ein Blitz den Himmel erleuchtete und der Regen auf die Erde prasselte. Goofy kam hinter ihm herein und schüttelte sich wie ein nasser Hund.

»Mannomann! Es schüttet ja wie aus Kübeln, was?«

Nate war nirgends zu sehen. »Nate?«, rief Goofy.

Aus dem hinteren Teil des Wohnwagens kamen erstickte Laute. Es klang wie leises Stöhnen.

»Nate?«, wiederholte Goofy leise und folgte dem Geräusch. Die zerknüllte Zudecke zitterte vor Angst. Der Donner krachte. Die Decke stöhnte.

Goofy setzte sich auf das Bett und klopfte leicht auf den schlotternden Hügel. »Es ist alles okay, Nate. Es ist okay.«

Kapitel 18

Als Nate am nächsten Morgen aufwachte, hörte er den Großvater in der Küche wie ein Rohrspatz schimpfen.

Er steckte seinen Glücksbringer, die Kaninchenpfote, in die Tasche, wünschte seinen Eltern einen guten Morgen und schaute auf den Karton mit den Fotos einzelner Schuhe.

Nate folgte dem Geruch nach verbranntem Toast bis in die Küche und sah zu, wie sein Großvater mit der Faust auf den Toaster haute. »Du nutzloses Stück Schrott, du Witz von einem Küchengerät!« Er riss den Stecker aus der Wand. »Ich sollte dich in die Bucht schmeißen, dann bin ich dich endlich los!«

»Opa«, sagte Nate. »Warum bist du hier? Ich dachte, der ganze Tag ist ausgebucht.« Er konnte sich – seit sich alles zum Guten gewendet hatte – an keinen Samstagmorgen oder irgendeinen anderen Morgen erinnern, an dem sein Großvater zu Hause war. Nate musste zugeben, dass es irgendwie schön war.

Wie es schien, war dem Großvater der Wind aus den Segeln genommen worden. Er ließ sich auf das Sofa sinken. »Das Boot fährt nicht mehr«, murmelte er.

Nate ging zum Toaster, steckte das Kabel wieder in die Steckdose und ließ zwei Scheiben Brot in den Toaster fallen.

»Warum?«, fragte er. Der Großvater sagte doch immer, die *Süße Jodie* sei so zuverlässig wie ein Tag im Juli.

Mit zusammengebissenen Zähnen antwortete der Großvater: »Jemand hat es sabotiert.«

Ding! Zwei perfekte Scheiben Toast sprangen aus dem Gerät und landeten nebeneinander auf dem Teller. Der Toaster seufzte zufrieden.

Nate bestrich das Brot mit Butter und Marmelade und brachte es seinem Großvater. »Warum um alles in der Welt würde jemand der *Süßen Jodie* etwas tun?«

Der Großvater betrachtete den Toast – ein wahres Wunder an Vollkommenheit – und dann den Toaster. Er schüttelte den Kopf. »Sie wollen mir schaden. Die anderen Kapitäne haben in den letzten Wochen viel gemeckert – ich würde ihnen das Geschäft wegnehmen. Jemand hat sich wahrscheinlich gedacht, dass man der Sache am besten ein Ende bereitet, indem man mein Boot abmurkst.«

Nates Mund wurde trocken. »Tut mir leid, Opa. Das ist alles meine Schuld.«

Der Großvater klopfte dem traurigen Jungen auf die Schulter. »Ach Nate, es ist nicht deine Schuld. Es ist vermutlich ... einfach zu viel des Guten. Wenn die Leute denken, dass du ihnen etwas wegnimmst, werden sie böse.«

Nate kaute an seinem Daumen herum und dachte darüber nach. Anscheinend machte sein Glück *alle* böse.

»Ich wette, ich kann das ändern, Opa«, sagte er und hatte gleich viel bessere Laune. »Es schien, als hätte ich Mr Baileys Boot bei der Regatta auf Trab gebracht. Dabei war es doch schon mausetot.«

Der Großvater seufzte. »Sie haben Teile abmontiert. Das kann niemand in Ordnung bringen. Ich werde bis nach Panama City fahren müssen, um Ersatzteile zu kaufen. Und wer weiß, ob sie mir die Sachen nicht wieder klauen?«

Nate war schockiert. Niemals – nicht einmal in einer Milliarde Jahren – hätte er geglaubt, dass jemand in Paradise Beach etwas *klauen* würde! Nicht in ihrer kleinen Stadt. Fischer halfen sich gegenseitig aus. Beim bloßen Gedanken an den Diebstahl fühlte er sich rundum elend. Es musste aufhören, und er war der Einzige, der die Dinge ändern konnte, damit sie wieder wie früher waren.

Der Großvater stieß sich von der Couch ab. »Es bleibt uns also nichts anderes übrig, als neue Teile zu besorgen. Hast du Lust, mit mir nach Panama City zu fahren?«

»Ja«, sagte Nate. »Und kann ich dann auch gleich einen Drachen kaufen?«

Am späten Nachmittag hielt Goofy Bailey den Drachen hoch. Die Sonne schien durch die orangefarbenen und schwarzen Papierflügel. Er pfiff durch die Zähne. »Ein supertoller Drachen«, sagte er. »Sieht aus wie ein Monarchfalter, oder?«

Nate dachte an die vielen Schmetterlinge, die er im Herbst gesehen hatte und die alle zum Überwintern im Zickzack nach Mexiko geflogen waren. Als Gen ihm erklärt hatte, dass Schmetterlinge so weit fliegen konnten, hatte er gesagt, er hätte noch nie so etwas Wunderbares gehört. »Das ist kein Wunder«, hatte Gen geantwortet, »sondern Wissenschaft.« Aber selbst Gen schien nicht allzu sehr davon überzeugt zu sein.

»Wir brauchen trotzdem noch einen Schlüssel«, sagte Nate. »Einen großen.«

»Ich wette, mein Vater hat einen im alten Schuppen hinter dem Haus. Er hat praktisch alles da drin und noch viel mehr«, erklärte Goofy voller Stolz. Dann legte er seine Stirn in Falten. »Aber, Nate, wie um alles in der Welt willst du das machen? Wir können uns alle Drachen und Schlüssel auf der Welt beschaffen, aber wenn du es nicht aushältst, draußen im Gewitter zu stehen, klappt das Ganze nicht.«

»Ich *muss* es aushalten! Es geht ja nicht nur um mich. Los, suchen wir einen Schlüssel!«, sagte Nate. »Und dann musst du mir noch einen Gefallen tun.«

»Was soll ich machen?«

»Unser Fernseher ist kaputt, und Opa hat das Radio auf dem Boot gelassen«, sagte er, als ob das etwas Neues gewesen wäre. »Du musst dir die Nachrichten ansehen, um rauszufinden, wann wieder ein Gewitter kommt. Dann treffen wir uns am Strand bei dem alten Bootsanleger.«

Zwei Tage später tippte Goofy Nate auf die Schulter, während Mr Peck den Unterschied zwischen einer Metapher und einem Vergleich erklärte.

»Der Wetterfrosch sagt, heute Abend wird es ein kräftiges Gewitter geben«, flüsterte Goofy etwas zu laut.

»Charles Bailey, gibt es etwas, das du der Klasse mitteilen möchtest?«, fragte Mr Peck mit schneidender Stimme.

Goofy hob die Schultern. »Klar.« Er stand auf und schaute sich um. Seine Klassenkameraden grinsten und rollten mit den Augen. »Heute Abend kommt ein Gewitter. Der Wetteransager in Panama City hat es gemeldet.«

Die feine blaue Ader in Mr Pecks Schläfe wölbte sich und pochte. Der Lehrer blickte zur Decke und murmelte: »Nur noch zweiundzwanzig Tage, Peck, nur noch zweiundzwanzig Tage …«

Nate steckte seine Nase in das Grammatikbuch und versuchte, sich das Lachen zu verkneifen.

Das Gewitter war – wie die meisten am Golf von Mexiko – ziemlich mickrig. Blitze leuchteten träge am Himmel auf, der Donner grummelte teilnahmslos vor sich hin und der Wind schaffte gerade mal vierzig Kilometer in der Stunde.

Goofy suchte die Dünen nach Nate ab und fragte sich, ob sein Freund sich vielleicht doch vor der Sache drückte. Er seufzte. Nach allem, was Nate durchgemacht hatte, wäre es zu verstehen.

Ein kleiner Kerl kroch und krabbelte über die Dünen und hinunter zum Strand. Den Drachen hielt er fest an die Brust gedrückt. Jedes Mal, wenn es blitzte, war ein langes, leises Stöhnen zu hören.

Goofy schwenkte den Arm. »Hier, Nate!« Er rannte über den Strand auf die bedauernswerte Gestalt zu, die in einem Klumpen Tigergras kauerte. »Tut mir leid«, sagte Goofy und streckte seinem Freund die Hand entgegen. »Aber es geht eben nicht anders, wenn du alles so wiederhaben willst, wie es mal war.«

Nate stand mit schlotternden Knien da und schaute in den Himmel. »Ich weiß.«

Goofy zog am Drachen, den Nate immer noch an sich presste. »Halt ihn einfach, während ich den Schlüssel und das andere Zeug an die Schnur binde.« Er befestigte den rostigen Schlüssel, den sie im Schuppen gefunden hatten, und altes Silberbesteck aus einem verschimmelten Kasten an der Drachenschnur.

Nate betrachtete all die Metallteile, die am Schwanz des Drachens hingen, skeptisch. »Ich glaube nicht, dass er mit so vielen schweren Sachen fliegen kann.«

»Doch«, sagte Goofy. »Versuch's einfach!«

Nate holte tief Luft, um die Magensäure schlucken zu können, die in seinem Hals aufgestiegen war. Er lief am Strand entlang. Der nasse Sand machte es ihm schwer zu laufen und der Regen stach seine Augen wie Nadeln. Es hämmerte in seinem Kopf und die Narben brannten wie Feuer.

Eine besonders kräftige Bö hatte den Jungen entdeckt. Sie huschte unter den Bauch des Drachens und trieb ihn himmelwärts. Nate rannte schneller und schneller und ließ immer mehr Schnur abrollen.

»Lauf, Nate, lauf!«, rief Goofy. Er blickte zum Himmel und bettelte: »Bitte, Blitz, schlag nur ein bisschen ein! Nur so viel, dass es ihm hilft.«

Der Drachen flog höher und höher. Die Löffel und

Messer und der alte eiserne Schlüssel funkelten. Es krachte über Nates Kopf und verhallte irgendwo.

Nates Magen hob sich. Seine Beine gehorchten ihm nicht mehr. »Bitte, bitte«, flehte er. »Bitte bring mich nicht um!«

Der Wind ist ein wankelmütiges Wesen. Man kann sich nicht auf ihn verlassen. Und dieser ganz bestimmte Wind, der mit dem Drachen und dem Jungen spielte, ließ sich nur allzu leicht ablenken. Er wurde der Sache müde. Er schubste den Drachen ein letztes Mal, schlüpfte unter ihm hervor und sauste wie ein Jagdhund, der eine frische Fährte wittert, über die Dünen bis zum Windspiel von Mr Wood.

Der Drachen stürzte zu Boden. Nate ließ sich auf die Knie fallen und erbrach sein Abendessen in den Sand.

»Tut mir leid, Nate«, sagte Goofy. »Ich glaube nicht, dass Mr Franklins Experiment funktioniert. Es war eine blöde Idee.«

»Schon okay«, sagte Nate. Er schaute zum eierförmigen Mond hinauf, der hinter den Wolken hervorspähte. »Das Gewitter scheint sich verzogen zu haben.«

Beim Wort *Gewitter* lief ihm ein Schauder über den Körper.

»Komm, wir gehen nach Hause«, sagte Goofy und half seinem Freund auf die Füße. »Mein Vater braut dir seinen Spezialtee für Seekranke, okay?«

Von ihrem Ausguck auf dem Dach aus beobachtete Gen, wie die beiden Jungen über die vom Regen gepeitschten Dünen kletterten. Langsam senkte sie das Fernglas. Sie schüttelte verwundert und ungläubig den Kopf. »Heiliger Einstein! Ich kann nicht glauben, dass sie es probiert haben. Sie haben es tatsächlich probiert.«

Kapitel 19

Genesis Beam machte sich mit zwei Scheiben Roggenbrot und Leberwurst ein Sandwich, wickelte ihn sorgfältig in Butterbrotpapier ein (damit kein Saft von der sauren Gurke auf das Brot tröpfelte) und steckte ihn in ihren Albert-Einstein-Rucksack.

»Wo geht's denn hin, Schätzchen?«, fragte Mrs Beam.

»Runter zum Strand, um nach den Schildkröten und Nestern zu schauen. Dieses Jahr ist irgendwas Seltsames mit den Schildkröten los, und ich muss rausfinden, was es ist.« Sie hatte den ganzen Tag in der Schule darüber nachgegrübelt, was dazu führte, dass sie zum ersten Mal im Leben einen Fehler machte.

Mrs Beam lauschte dem Wind, der an den Fenstern rüttelte. »Ich muss die Jungs zum Schwimmunterricht bringen, also musst *du* die Mädchen mitnehmen.«

Gen runzelte die Stirn. »Das ist eine ernste Sache. Die Schildkröten legen keine Eier *und* sie haben aufgehört, Nester zu graben.«

Mrs Beam machte zwei Erdnussmus- und Bananen-

Sandwiches und steckte Handtücher in eine Tasche. »Deine Schwestern können dir beim Rausfinden helfen.«

»Aber, Mama –«

»Du weißt, dass Ruthie gerne schwierige Aufgaben löst, und Rebecca entgeht *nichts*«, fuhr Mrs Beam fort.

Gens Unterlippe ragte heraus wie das Sprungbrett im Schwimmbad. »Ich nehme sie beim nächsten Mal mit.«

Mrs Beam erstarrte. Sie drehte sich langsam um und sah ihre Tochter an. »Hab ich dich nicht *gebeten*, sie mitzunehmen?«

»Aber, Mama …«

Mrs Beam schrie und tobte nicht, wenn sie wütend wurde. Nein, ihre Stimme wurde tiefer, leiser und ruhig wie Eis. »Genesis Magnolia Beam, ich bitte dich wirklich sehr selten um etwas.«

Gen schluckte und blickte auf ihre Schuhe. Wenn ihre Mutter sie mit ihrem Mittelnamen anredete, wusste sie, dass eine Riesenmenge Ärger im Anmarsch war.

»Ich bitte dich lediglich, deine kleinen Schwestern zum Strand mitzunehmen, um die Nester der Schildkröten zu suchen – deine Schwestern, die dir praktisch zu Füßen liegen, falls es dir noch nicht aufgefallen sein sollte. Ich bitte dich nicht, zu Hause zu bleiben. Ich bitte dich nicht, mit ihnen zu spielen. Oder?«

»Nein«, wisperte Gen, ohne aufzublicken.

Mrs Beam nahm das Kinn ihrer Tochter in die Hand und hob ihr Gesicht. Sie schaute in die unergründlichen Augen ihrer Erstgeborenen. »Du musst den Kopf aus deinem Panzer strecken und dir die Welt in deiner Umgebung ansehen, dir die *Menschen* in deiner Umgebung ansehen«, sagte sie. »Du wirst dich wundern, was du alles siehst.«

Gen schluckte den Kloß hinunter, der in ihrem Hals steckte. »Ja, Mama«, sagte sie.

»Also«, sagte Gen und zeigte mit dem Bleistift auf die beiden grinsenden, von-einem-Fuß-auf-den-anderen-hüpfenden-und-ihre-Schuhe-blitzschnell-ausziehenden Zwillingsmädchen. »Das ist eine ernste Angelegenheit und ihr sollt mir dabei helfen. Man braucht scharfe Augen, um jede Einzelheit –«

»Schaut mal!«, schrie Ruthie, hopste herum und zeigte auf das Meer. »Delfine! Ein ganzer Haufen!«

Gen seufzte. »Ja, Ruth, ich hab sie gesehen. Aber wir sind nicht hier, um nach Delfinen Ausschau zu halten. Wir sind hier, um –«

Rebecca schnappte nach Luft, als ein Schwarm Kormorane durch den Wind brauste und dunkle Schatten auf den Strand warf. »Ooooh!« Und weil sie eben Rebecca war, warf sie den Kopf in den Nacken und rief begeistert: »Ich glaube, es gibt kein Gedicht, das so schön ist wie Kormorane am Meer!«

Die beiden Mädchen folgten ihrer großen Schwester wie glückliche Entchen und erfreuten sich an allen kleinen und großen Wundern.

»Guck mal! Ich hab einen ganzen Sanddollar gefunden!«

»Hast du gesehen, wie der Pelikan einen Kopfsprung ins Wasser gemacht hat?«

»Oh, ich *liebe* Strandläufer, ihr nicht auch?«

»Schau, Gen, ich hab eine Teufelstasche gefunden!« Ruth hielt den schwarzen Beutel an einem der vier gebogenen Hörner hoch, um ihn der großen Schwester zu zeigen. »Warum hat der Teufel eine Tasche? Er ist doch ein Junge, oder?«

Gen wusste nicht, ob sie lachen oder weinen sollte. Sie schüttelte den Kopf und sagte: »Das ist die Eikapsel eines Rochens, Ruth. Das ist nicht wirklich eine Teufelstasche. Den Namen hat sich nur jemand ausgedacht.« Beide Mädchen zogen die Stirn kraus. »Aus Spaß«, erklärte Gen. »Dieser Rochen ist dem Stechrochen sehr ähnlich. Er ist nur kleiner und eigentlich mit dem Hai verwandt.«

»Komisch«, sagte Ruth und drehte den kleinen harten Beutel um.

»Super!«, verkündete Rebecca.

Gen fand, dass beides irgendwie zutraf, und sagte: »Superkomisch. Und jetzt suchen wir nach irgendwelchen Abdrücken der Schildkröten.«

Alle drei Mädchen gingen am Strand entlang und guckten eifrig auf den Sand. Gen musste zugeben, dass die Zwillinge ziemlich gut waren im Entdecken von Spuren, wenn sie sich darauf konzentrierten. Als sie bei ihrer und Nates Düne angekommen waren, hatten sie acht Spuren gefunden. Aber keine Nester.

»Heiliger Bimbam, schau dir das an!«, riefen beide Mädchen gleichzeitig. »Das ist die größte Sanddüne auf der ganzen Welt!«

Gens Mundwinkel zuckten stolz. »Na ja, vielleicht nicht auf der ganzen *Welt*, aber, soviel ich weiß, in Paradise Beach. Von dort oben kann man ganz weit sehen.«

Die Mädchen blickten ehrfürchtig zu ihrer älteren Schwester auf. »Warst du schon oben?«, fragte Rebecca mit großen Augen.

Gen zuckte mit den Achseln und bemühte sich, nicht zu grinsen. »Ja, klar, andauernd.« Sie und Nate natürlich.

Bevor man »Kirche des Einen Wahren Erlösers und Ewigen Lichts« sagen konnte, hatten die Zwillinge ihre Schuhe und die am Strand gefundenen Schätze in den Sand geworfen und krabbelten um die Wette hinauf.

»Wartet!«, rief Gen. »Wartet auf mich!«

Und noch bevor ihr selbst klar wurde, was sie vorhatte, riss sie die Schuhe von den Füßen, grub die Zehen in den kühlen zuckerweißen Sand und stürmte die Düne hinauf. »Ich muss zugeben«, sagte sie, als sie japsend oben ankam, »dass es viel leichter ist, ohne Schuhe auf die Düne zu klettern.« Sie lächelte ihre kleinen Schwestern an. »Und jetzt erkläre ich euch die Umgebung, indem ich –«

Ruthie war die Umgebung piepegal. Sie warf sich auf die Seite und kullerte die Düne mit beängstigender Geschwindigkeit hinab. »Wiiiiiiiiie!« Dem folgte ein zweites und genauso begeistertes Kullern und »Wiiiiiiiiie!«.

Rauf auf die Düne, runter, rauf auf die Düne, runter – so ging es weiter mit grenzenloser Energie, bis die Mädchen wie lachende, stolpernde, kichernde und gezuckerte Lebkuchen aussahen.

»Seid ihr jetzt fertig?«, fragte Gen und wackelte mit den nackten Zehen in der salzigen Luft.

»Ja«, sagte Ruth.

»Nein«, sagte Rebecca.

»Noch einmal rollen«, sagte Gen. Rebecca warf sich zum letzten Mal die Düne hinunter, während Gen sich alle Mühe gab, jeden Quadratzentimeter von Ruth vom Sand zu befreien. »Mama macht uns zur Schnecke, wenn sie sieht, wie schweinisch ihr ausseht!«

»Hey, Gen!«, rief Rebecca. »Komm und schau, was ich gefunden habe!«

Gen verdrehte die Augen. »Was denn jetzt schon wieder?«

Sie stapfte mit Ruth die Düne hinunter bis zu der Stelle, an der sich Rebecca über etwas beugte.

»Rebecca, wir müssen jetzt wirklich gehen. Mama wird furchtbar –«

Das kleine Mädchen rückte zur Seite und streckte den Zeigefinger aus. »Das ist ein Schildkrötennest, nicht?«

Gen schnappte nach Luft und fiel auf die Knie. Vor ihr war ein Sandhäufchen, zu dem Spuren hin und her verliefen. Ganz, ganz vorsichtig schob sie mit den Händen den Sand zur Seite. Und da kuschelten sich wie verloren gegangene Tischtennisbälle kleine Eier aneinander.

Dem Himmel sei Dank! Das erste Nest in diesem Jahr und ihre Schwester hatte es gefunden! Gen tat etwas für sie ganz Außergewöhnliches: Sie stieß einen Jubelschrei aus, nahm Rebecca in die Arme und wirbelte sie herum. »Du hast es gefunden, Rebecca! Du hast ein Nest gefunden! Warte, bis ich es Nathaniel sage!«

Aber würde es ihn überhaupt interessieren?

Kapitel 20

Ich kapier es einfach nicht«, sagte Gen, als sie und Goofy den Strand entlanggingen und nach Nestern suchten. »Die Gezeiten stimmen und die Strömungen und die Wassertemperatur auch. Und laut meinen Notizen haben wir im letzten Jahr um diese Zeit elf Nester mit insgesamt sechsundneunzig Eiern gefunden.«

Sie blätterte in ihrem Notizbuch, das sie immer bei sich hatte. »Ganz zu schweigen davon, dass wir im vergangenen Monat Vollmond hatten. Als meine Schwestern und ich gestern das eine Nest fanden, war ich ganz sicher, dass wir noch mehr finden würden.«

Sie blickte mit gerunzelter Stirn über den glitzernden Golf. »Wo sind sie bloß? Wieso haben wir bis jetzt nur ein einziges Nest gefunden?«

Goofy trat eine Sandburg flach und strich den Sand glatt. »Wahrscheinlich wegen des blauen Monds.«

Gen blieb wie angewurzelt stehen und schaute zu dem großen Jungen auf. »Du meinst, in diesem Monat haben wir zweimal Vollmond?«

Er hob die Schultern. »Ja, klar.«

Sie klopfte mit dem Bleistift auf ihr Notizbuch. »Ein blauer Mond«, murmelte sie. »Den gibt es alle zwei Komma sieben Jahre nur einmal. Das heißt, in vier Nächten ist es wieder so weit.« Sie runzelte die Stirn. »Wieso ist mir das entgangen? Ob das die Schildkröten durcheinandergebracht hat?«

»Mach dir nichts draus, Genesis«, sagte Goofy. »Du kannst nicht alles wissen. Mein Vater sagt immer, bei einem blauen Mond benehmen sich die Fische komisch. Warum nicht auch die Schildkröten?«

Die beiden gingen weiter am Strand entlang und suchten Spuren. Gen grübelte über die unglaubliche Aussage nach, dass sie nicht alles wusste – vor allem, wenn es um Schildkröten und astronomische Phänomene ging –, als Goofy sich hinkauerte und etwas im Sand betrachtete.

»Was meinst du – wieso gehen sie in die falsche Richtung?«

Gen sah sich die Spuren einer Schildkröte genauer an, die nicht landeinwärts führten, wie sie es eigentlich sollten, sondern ins Meer. »Vielleicht hat sie ihre Eier schon abgelegt.« Gen entfernte sich vom Wasser und suchte nach einem Nest, fand aber nichts. Nirgends.

Alle Spuren, auf die Gen und Goofy im feuchten Sand stießen, erzählten die gleiche Geschichte: Die Schildkröte war an Land gekommen, hatte dann aus irgendeinem unbekannten Grund eine Kehrtwende gemacht und war dem Golf wieder entgegengesteuert, ohne ein einziges Ei abzulegen oder ein Nest zu graben.

»Charles, ist dir aufgefallen, ob alle Spuren so waren?«

Goofy schüttelte den Kopf. »Ich schau mal nach.«

Er stapfte den Strand entlang, drehte sich um und stapfte zu Gen zurück. »Sie sind alle gleich.«

»Und keine Nester?«

Er schüttelte wieder den Kopf.

Gen blickte in beide Richtungen und dann auf die hohen Wellen. »Irgendetwas stimmt hier nicht«, sagte sie und zupfte an einer Augenbraue.

»Als ob sie etwas erschreckt hätte«, ergänzte Goofy. »Aber was?«

Wieder zog Gen ihr Notizbuch heraus und blätterte darin, bis sie zu der Seite kam, die sie vergangene Nacht auf dem Kirchendach beschrieben hatte.

Sie kaute auf dem Ende des Bleistifts herum. »Ich habe an meiner Wetterstation festgestellt, dass das Barometer um null Komma ein Millibar pro Stunde fällt und die Wellen im Abstand von fünf Sekunden hereinkommen.«

»Und?«, fragte Goofy, obwohl er absolut keine Ahnung hatte, wovon sie redete.

»*Und*«, sagte sie, »ich habe heute Abend, bevor ich hergekommen bin, noch einmal auf das Barometer geschaut. Jetzt fällt es um null Komma zwei Millibar pro Stunde. Und ich habe eine Windgeschwindigkeit von vierundfünfzig Kilometer pro Stunde gemessen.«

»Was bedeutet das alles?«

Gen rieb den Sand von ihrer Brille. »Wenn ich es nicht besser wüsste, würde ich sagen, dass ein Wirbelsturm im Anzug ist.«

Goofy lachte. »Im Frühling gibt es keine Wirbelstürme! Das weiß doch jeder. Sie kommen später – das dauert noch Monate!«

»Okay«, sagte sie bissig. »Das weiß ich. Aber Fakten sind Fakten.«

»Ich bin vielleicht nicht so gescheit wie du, Genesis Beam, und ich hab vielleicht auch nicht so eine wahnsinnstolle Wetterstation auf dem Dach, aber mit dem Wetter kenn ich mich aus. Und im Frühling gibt es *keine* Wirbelstürme!«

Gen klappte ihr Notizbuch zu. Sie stand schwankend im Wind. »Jedenfalls«, brüllte sie bei einer besonders kräftigen Bö, »ist es immer noch im Bereich des Möglichen, dass –«

»Ja, klar«, giftete Goofy zurück.

»Ich bin da eben anderer Ansicht«, sagte Gen mit geballten Fäusten und hätte sich am liebsten mit Goofy gestritten. Sie konnte es nicht glauben, dass sie so etwas wie einen blauen Mond übersehen hatte. Das hing natürlich mit Nate, dem Blitz und dem Glück zusammen (dem Glück und dem Pech) und dem Schmerz, den seine Worte ausgelöst hatten, und dass sie nicht mehr die besten Freunde waren und –

Der Wind riss ihr das Notizbuch aus den Händen und schleuderte es über den Sand.

»Heiliger Einstein!«, schrie sie.

Goofy rannte dem flüchtigen Notizbuch hinterher und schnappte es, bevor eine Welle es holen konnte. Er wischte den feuchten Sand und das Seegras ab und hielt es Gen hin.

Das klügste Mädchen von Franklin County sah den Jungen an, der vor ihr stand – nass, vom Wind zerzaust, mit Sand bedeckt, ein wirklich bemitleidenswerter Anblick – und alle Kampfeslust war wie weggeblasen.

»Danke, Charles«, sagte sie und nahm ihm das Notizbuch aus der Hand. Und dann tat sie etwas, das sie so gut wie nie tat. Man könnte sogar sagen, so selten wie es einen blauen Mond gab. Sie nahm ihn bei der Hand. »Komm, gehen wir zur Kirche zurück. Ich wette, Mama hat etwas Herrliches gebacken!«

Kapitel 21

Nate lauschte dem heulenden Wind, der um den Wohnwagen brauste. Er steckte noch eine Scheibe Brot in den Toaster, drückte den Hebel herunter und wartete.

Ding! Der Toast sprang hoch und landete mitten auf Nates Pappteller. So, wie es sich gehört. Der Toast schien sich in seiner goldenen Vollkommenheit zu sonnen. Genau wie die anderen zwölf Scheiben, die sich auf dem Tisch türmten.

Nate seufzte. »Nichts für ungut«, sagte er, »aber vollkommen zu sein, ist nichts Besonderes mehr.«

Trotzdem konnte er Gens Stimme direkt hören: *Es ist reiner Zufall, Nathaniel, dass sie vollkommen sind. Wenn du Glück hast, wird eine Scheibe verbrannt sein.* Wie zuvor.

Er steckte das letzte Stück Brot aus der Tüte in den Toaster und drückte den Hebel herunter.

Die Tür flog auf.

Ding!, sang der Toaster.

»Menschenskind!«, sagte der Großvater und drückte

die Tür fest zu. »So einen Sturm habe ich schon lange nicht mehr erlebt.« Er zog seinen Regenmantel aus und hängte ihn an den Nagel neben der Tür. Er sah wie ein wilder Mann aus. »Keine Ahnung, was für ein Sturm das ist, aber er ist nicht von schlechten Eltern.«

Nate bot dem alten Fischer ein Stück Toast an.

Der Großvater betrachtete den Turm aus perfekten Scheiben und nahm sich eine. »Danke, Nate. Und könntest du bitte auch den Wasserkessel für Kaffee auf den Herd stellen? Ich bin völlig durchgefroren. Dieser launische neue Wagen wollte heute Abend einfach nicht starten.«

»Was hat er denn?«, fragte Nate aus der Küche.

»Wenn ich das bloß wüsste. Alles war in Ordnung. Es fehlen keine Teile. Es ist, als ob er beschlossen hätte, nirgends mehr hinzufahren.«

Nate konnte Gen sagen hören: *Ein Auto kann nichts beschließen, weil ein Auto kein Hirn hat.* Oh, wie er es vermisste, dass sie immer so sicher war – jetzt, wo gar nichts mehr einen Sinn ergab.

»Alfred hat sich solche Dummheiten nie erlaubt«, brummte der Großvater. Er zog seine schwarzen Gummistiefel aus, die mit getrocknetem Salzwasser überzogen waren, und rieb sich den Fuß. »Meine Arthritis spielt verrückt. Man könnte meinen, ein Hurrikan sei im Anmarsch.«

Nate reichte seinem Großvater eine Tasse mit dampfendem Kaffee. »*Das* ist verrückt. Die Hurrikan-Saison fängt im Sommer an«, erklärte er ziemlich unfreundlich. »Es ist doch erst Mai!«

Der Großvater rieb sich wieder den Fuß und verzog das Gesicht. »Ich sag ja nur. Kein Grund, patzig zu werden.« Dem alten Mann war aufgefallen, dass sein Enkel in letzter Zeit launisch und kurz angebunden war. Vor dem Blitzschlag war das nie passiert.

Freitagnacht kletterte Gen – sobald ihre Eltern und alle Kinder schliefen – aus dem Fenster auf das Kirchendach. Sie kroch zu ihrer selbst gebastelten Wetterstation, knipste ihre Kopflampe an und schaute auf das Barometer. »Heiliger Einstein!«, sagte sie leise. »Es fällt um ein halbes Millibar pro Stunde.« Sie prüfte die Windgeschwindigkeit am Anemometer. *Gleichmäßiger Wind mit einer Geschwindigkeit von zweiundfünfzig km/Stunde vom Golf,* schrieb sie in ihr Notizbuch. Sie knipste die Kopflampe wieder aus und schaute in den Himmel. »Was kommt da auf uns zu?«, fragte sie den Mond und die Sterne. Konnte es wirklich ein Hurrikan sein? Aber doch nicht zu dieser Jahreszeit. Außerdem hatte der Wetterfrosch des Fernsehsenders von Panama City nichts dergleichen in den Nachrichten erwähnt.

»Zugegebenermaßen ist er nicht der genaueste Meteorologe der Welt«, murmelte Gen. »Aber selbst *er* kann doch keinen Wirbelsturm übersehen, oder?«

Kapitel 22

Am nächsten Morgen hörte Nate die Spottdrossel nicht in der Magnolie singen. Er hörte auch den Großvater nicht, der seine Krebsfallen und Angelgeräte auf die Pritsche seines neuen Wagens warf. Er hörte auch nicht, wie Miss Trundle ihre Katzen rief, und er hörte die Kinder der Familie Nguyen nicht, die sonst immer draußen spielten. Es war viel, viel zu still für einen Samstagmorgen in der Wohnwagensiedlung Magnolie.

Er warf die Decke zurück und schaute aus dem Fenster. Die Wolken hingen niedrig, schwer und feucht. Der Wind blies gleichmäßig und kräftig.

Nate steckte seinen Glücksbringer in die Tasche, sagte dem Foto seiner Eltern Guten Morgen und zog sich an. Er hatte rasende Kopfschmerzen und die Narben an seiner Hand summten wie Bienen.

Sein Großvater hatte einen Zettel auf den Küchentisch gelegt – *Bin unten im Hafen*. Nate zwang sich, ein Glas Kakao zu trinken, und ging nach draußen. Als er aus der Tür trat, riss ihn der Wind beinahe mit sich. Nate hielt sich an seinem Fahrrad fest, um nicht davongeweht zu werden.

Der Wind schob ihn und sein Fahrrad durch die Wohnwagensiedlung Magnolie auf die Straße hinaus. Er zog und schubste Nate kreuz und quer durch die Gegend, bis dieser am Hafen rutschend zum Stehen kam. Dort entdeckte er seinen Großvater, der sich über den Motor des glänzenden roten Wagens beugte und furchtbar schimpfte.

»Du unverschämter Schraubenhaufen! Du nichtsnutziges, großkotziges Stück Schickimicki-Plastik! Ich schwör's bei der Stadt Detroit, ich werde dich als Schrott verkaufen – glaub ja nicht, dass ich das nicht tu!«

»Opa«, sagte Nate und zog den alten Mann am Ärmel.

Der Großvater hob überrascht den Kopf und knallte gegen die Motorhaube. »Meine Güte, Junge, schleich dich doch nicht so ran!«

»Opa«, brüllte er im Wind, »setz dich hinter das Steuer! Und starte den Motor, wenn ich es dir sage!«

Der alte Mann rieb sich den Schädel und musterte den blassen Jungen. »Nate, du glaubst doch nicht wirklich an den Quatsch mit dem goldenen Finger, oder?«

Er zuckte mit den Achseln. »Probier's doch einfach, Opa.«

Nate legte eine Hand auf den Motor. »Opa hat recht. Du hältst dich für was Besseres als uns.« Er rüttelte an einem Draht und schüttelte ein Kabel. Das freche Auto rülpste.

»Starten, Opa!«, schrie Nate im Geheul des Sturms.

Obwohl das Auto sich mit allen Mitteln sträubte, sprang der Motor an. Der Großvater ließ ihn laufen und ging zu Nate. Er klopfte ihm leicht auf die Schulter. »Du würdest einen prima Automechaniker abgeben.«

»Ja«, stimmte Nate ihm bei. »Fährst du heute zum Angeln raus?«, fragte er, als sie die Werkzeuge in den Wagen packten.

Der Großvater schüttelte den Kopf. »Nein, heute nicht. Es fühlt sich nicht gut an.« Seine dunklen Augen blickten auf den aufgewühlten Golf, den triefnassen Himmel und den Schwarm Pelikane, der über sie hinwegzog. »Alle Vögel fliegen landeinwärts«, sagte er. »Seltsam ...« Er legte einen Arm um seinen Enkel. »Lass uns zur *Lachenden Möwe* gehen und hören, was der Wetterbericht im Fernsehen meldet.«

Als Nate und sein Großvater den Parkplatz überquerten, rief eine Stimme: »Jonah! Warte mal!« Rem Bailey, Goofy und ein paar andere Schiffer kamen ihnen entgegen.

»Jonah, was hältst du von diesem Wetter?« fragte Rem. »Hast du so was schon erlebt?« Der Wind riss ihm den Hut vom Kopf und schleuderte ihn wirbelnd in den Hafen.

Der Großvater zog an seinem Pferdeschwanz, was er immer tat, wenn er sich Sorgen machte oder verdutzt war. »Es ist wirklich merkwürdig«, stimmte er Mr Bailey bei. »Und nicht nur das Wetter benimmt sich seltsam. Alle Vögel fliegen in Richtung Apalachicola, als ob ihre Schwanzflügel in Flammen stünden.«

»Die Delfine auch«, brüllte Big Jim Sands. »Ich hab gesehen, wie sie zur Bucht geschwommen sind, als wären Killerwale hinter ihnen her.«

Goofys Vater hob die Hand, die wie eine Krebsschere aussah, und sagte: »Nur wenn ein Wirbelsturm im Anzug ist, tut meine Hand so weh. Sie sagt das besser voraus als alle Wetterfrösche im Fernsehen.«

Die Männer sahen sich nervös an. Endlich sprach Rem Bailey aus, was alle dachten, aber nicht sagen wollten. »Wenn ich es nicht besser wüsste, könnte ich schwören, dass ein Hurrikan naht.«

»Was meint ihr – sollen wir unsere Boote an Land ziehen?«, fragte der Großvater.

»Vorsicht ist die Mutter der Porzellankiste«, sagte Big Jim Sands.

Am Sonntagmorgen, als die meisten Einwohner von Paradise Beach in die Kirche oder Synagoge gingen, heulte der Sturm. Die Fenster ratterten, und die Mütter, die auf den Kirchenbänken saßen, hielten ihre Kinder noch ein bisschen fester als sonst. Die Männer schauten nervös auf die regennassen Buntglasfenster. Am Abend kreischte der Wind und der Mond und die Sterne versteckten sich hinter schweren, Unheil verkündenden Wolken.

Als der Regen nachließ, stellten Nate und sein Großvater schnell die Ködereimer und Krebsfallen unter ihren Wohnwagen. Plötzlich heulte die Sirene der Feuerwehr.

»Was hat das zu bedeuten?«, fragte Nate.

»Das können wir rausfinden«, erwiderte der Großvater. »Schmeiß dein Fahrrad hinten auf den Wagen, und dann schauen wir mal, was los ist.«

»Ach, du dickes Ei!«, sagte der Großvater, als sie auf der Hauptstraße parkten. Es sah aus, als ob der Wind jeden Einwohner von Paradise Beach aus allen Ecken und Winkeln der Stadt zusammengetrieben und zum Rathaus gefegt hätte. Mr Lamprey, der Stadtrat, klammerte sich an seine Frau, um das Gleichgewicht nicht zu verlieren, Miss Lillian hatte das Halsband des Bürgermeisters fest im Griff, Pastor Jimmy und der Rabbiner Levine hatten sich eingehakt und trotzten mit gesenkten Köpfen dem Sturm und Regen. Mr Woods stakste aus seinem Haushaltswarenladen, Monk und Toots fest unter die Arme geklemmt. Menschen strömten aus der *Lachenden Möwe*, der Post, dem Hotel *Sandfloh* und Junes

Café *Hintere Veranda* und wurden vom Wind regelrecht zum Rathaus geschoben. Kurz darauf versammelten sich alle Einwohner der Stadt tropfend und nervös im Sitzungssaal.

Jedenfalls fast alle.

Gen stand nass und schlotternd vor ihren Eltern. Das Notizbuch zitterte in ihren Händen. »Das Barometer f-f-fällt jetzt um eins Komma fünf Mi-mi-mi-millibar pro Stunde«, berichtete sie mit klappernden Zähnen.

Ihre Mutter wischte aufgeregt mit einem Handtuch an ihr herum. »Der liebe Herrgott sei uns gnädig, Gen – aber manchmal denke ich, du hast weniger Verstand, als eine Gans von Gott mitbekommen hat!«

»Stimmt«, sagte Ruth.

»Doch, sie hat genauso viel!«, meinte Rebecca.

Gen drehte sich zu ihrem Vater. »Daddy, es ko-kommt ein Hurrikan.«

Der Pfarrer nahm vorsichtig die Brille ab und runzelte die feuchte Stirn. »Bei so einem Sturm hast du nichts auf dem Dach verloren, mein Fräulein!«

»Aber, Daddy –«

»Ich habe dich vor langer Zeit gebeten, die Wetterstation abzumontieren«, sagte Mrs Beam zu ihrem Mann so bissig wie eine Schnappschildkröte.

»Stimmt«, sagten Levi und Joshua gleichzeitig.

Der Sturm rüttelte am Gebäude. Mrs Beam drückte die Zwillingsjungen an sich. »Herr, erbarme dich!«, sagte sie leise.

Das Telefon klingelte. Pfarrer Beam nahm ab. »Pfarrer Beam am Apparat.« Alle sechs Augenpaare starrten ihn an.

»Wirklich?«, fragte er stirnrunzelnd. »Das erscheint mir aber eher unwahrscheinlich.« Er musterte seine tropfende Tochter. »Aber ja, wir sind gleich da.« Er legte auf und rieb sich mit der Hand über die gefurchte Stirn. »Alle haben sich im Rathaus versammelt. Wie es scheint, sind sie unruhig wegen des Wetters, und das Untergeschoss des Rathauses ist der sicherste Ort.« Er und seine Frau tauschten besorgte Blicke.

»Jungs«, befahl Mrs Beam, »zieht die schmutzigen Sachen aus und etwas Anständiges an! Ihr Mädchen wascht euch die Hände und holt etwas, mit dem ihr euch beschäftigen könnt. Wahrscheinlich sind wir eine ganze Weile dort.« Ausnahmsweise taten die Zwillinge (und zwar beide Pärchen) ohne Widerspruch genau das, was man ihnen sagte.

Mrs Beam schaute Gen seufzend an. »Was soll ich nur mit dir machen?«

Der Stadtrat schlug mit der Hand auf den Holztisch im Sitzungssaal des Rathauses. »Leute«, rief Mr Lamprey,

»ihr müsst Platz nehmen, damit wir die Sache ordentlich besprechen können.«

Niemand hörte auf ihn. Alle diskutierten darüber, ob es im Frühling einen Hurrikan geben kann oder ob es jemals einen gegeben hatte.

Nate hielt sich die Ohren zu. Sein Kopf dröhnte und sein Magen drehte sich. Die Narben vom Blitzschlag brannten und summten wie verrückt.

Goofy setzte sich neben ihn und berührte seine Schulter. »Alles okay?«

Nate schüttelte den Kopf und bedauerte es sofort. »Es kommt ein Sturm auf«, sagte er flüsternd. »Ein gewaltiger. Ich kann es fühlen.«

Goofy nickte. »Ja, mein Daddy sagt, alles deutet auf einen Hurrikan hin, aber es kann nicht sein, weil doch Frühling ist.«

»Ich weiß, aber ...« Nate leckte sich die Lippen.

»Daddy sagt, es ist schon hundert Jahre her, seit es im Frühjahr einen Hurrikan gegeben hat. Es passiert nur ...« Goofy schwieg. Gens Worte fielen ihm ein: *In drei Nächten gibt es einen blauen Mond.* Heute Nacht. »... bei einem blauen Mond«, beendete er den Satz.

Und dann erinnerte er sich an den Streit mit Gen, dem klügsten Menschen, den er kannte, dort draußen auf den Dünen, mit all ihrem Gerede über Millibar und barometrischen Druck und solche Sachen. Goofy packte

Nates zitternde Schulter. »Gen hat gesagt, es kommt ein Hurrikan. Alle Instrumente in ihrer Wetterstation zeigen es an.«

»Dann stimmt es«, sagte Nate.

Der Sturm kreischte und heulte. Im zweiten Stockwerk flog eine Fensterscheibe raus. Der Bürgermeister klemmte klugerweise den Schwanz ein und verkroch sich zitternd unter dem Tisch.

»Welcher Bürgermeister macht denn so was?«, fragte Mr Sands und zeigte anklagend auf den Hund.

Nate konnte es nicht ertragen, den Hund anzuschauen, der vor Angst genauso zitterte wie er. »Reiß dich zusammen!«, befahl er sich kaum hörbar. Er stand auf und sagte, so laut er konnte: »Er hat Angst, weil ein Hurrikan im Anmarsch ist!«

»Unmöglich«, sagte Mrs Belk und blickte vom Bürgermeister zu Nate. »Es ist Frühling.«

»Ja, ich weiß, aber –«

»Lächerlich!«, kam es von Mr Sands. »Jeder Dummkopf weiß, dass es solche Stürme nur im Spätsommer und Herbst gibt.«

Der Großvater sprang auf die Füße. »Du nennst meinen Jungen einen Dummkopf, Sands?« Er durchbohrte den Mann mit seinem Blick.

Goofy Bailey sprang auch auf die Füße. »Es stimmt!«, schrie er. »Es kommt wirklich ein Hurrikan. Genesis

Beam hat es gesagt, und sie ist der klügste Mensch, den ich kenne.«

Gen.

Nate schaute sich im Saal um und sah verwirrte Gesichter. Aber das Gesicht seiner Freundin sah er nicht. Ihm fiel das Herz in die Hose, so tief wie der barometrische Druck.

»Die Delfine schwimmen in die Bucht, als ob sie von Killerwalen verfolgt würden«, erklärte Rem Bailey.

»Und die Vögel sind landeinwärts geflogen«, sagte Big Jim Sands.

»Ach, um Himmels willen, Daddy«, sagte Mr Sands. »Im Fernsehen haben sie kein Wort davon erwähnt, und du kannst darauf wetten, wenn es im Frühling einen Hurrikan –«

Die beiden Türflügel zum Sitzungssaal flogen auf. Mr Billy stand mit weit aufgerissenen Augen da und hielt sein Kofferradio hoch. »Ein Hurrikan ist auf dem Weg und rast direkt auf Paradise Beach zu!«

Alle drängten sich um Mr Billy. Eine Stimme knatterte im Radio: »… und dieser Einmal-in-hundert-Jahren-Hurrikan – ja, Leute, ihr habt richtig gehört, ich habe *Hurrikan* gesagt – steuert auf die kleine Stadt Paradise Beach zu. Mit unheimlicher Zielsicherheit und Geschwindigkeit, möchte ich noch hinzufügen.«

»Herrgott, hilf uns!«, sagte Pastor Jimmy leise.

»Der Himmel bewahre uns!«, sagte Pater Donovan und blickte zur Decke.

»Hilf dir selbst, so hilft dir Gott!«, verkündete Pfarrer Beam und ging auf die Kellertür zu.

»Ich sage euch, daran sind nur die Astronauten schuld, die oben rumfliegen«, meinte der alte Marler. Und ausnahmsweise dachten alle, dass er vielleicht recht hatte.

»Bei einem Volltreffer wird ein Wunder nötig sein, um in Paradise Beach zu überleben«, erklärte die Stimme im Radio.

Unter dem Tisch wimmerte der Bürgermeister.

»Habt ihr das gehört?«, schrie Mrs Belk. »Er hat gesagt, dass uns nur ein Wunder retten kann!«

Alle drehten sich nach dem Wunderjungen um, dem Jungen, der an seinem elften Geburtstag an einem klaren, wolkenlosen Tag vom Blitz getroffen worden war. Und überlebt hatte.

Aber Nate war verschwunden.

Kapitel 23

Während die Erwachsenen meckerten und motzten, sich kabbelten und stritten, ging Nate zu den Beam-Zwillingen, die in einer Ecke mit einem kleinen Gummiball und Metallsternchen spielten.

»Ruthie«, sagte er, »wo ist Gen?«

Ruth warf den Ball hoch und raffte eine Handvoll Sternchen zusammen. »Sie macht sich Sorgen um das Schildkrötennest, das wir gefunden haben. Sie ist rausgegangen, um dich zu suchen.«

»Genau«, sagte Rebecca. »Es ist das Einzige, das wir bis jetzt gefunden haben, und *ich* habe es entdeckt!«

Ruth nickte. »Sie hat sich rausgeschlichen, als Mama und Daddy mit Mr Levine geredet haben. Wir mussten ihr versprechen, dass wir nichts verraten.«

Nate erstarrte. Dann rannte er aus der Tür und ließ sich vom Wind mitreißen. Bis auf Plastiktüten, die herumwirbelten, und anderer Abfall regte sich nichts auf der Straße.

Er nahm sein Fahrrad vom Wagen und warf ein Bein

über den Sattel. »Oh, Gen, wieso suchst du mich?« Und als ob sie direkt neben ihm gestanden hätte, hörte er sie *Weil Irre und Loser durch dick und dünn zusammenhalten!* sagen.

Als er losfahren wollte, hörte er eine andere Stimme hinter sich. »Wo fährst du hin, Sparky?«

Ricky Sands.

»Ich muss Gen finden.«

»Wenn du bei diesem Sturm durch die Gegend fährst, bist du noch verrückter als sie«, sagte Ricky. »Hast du es nicht gehört? Ein Hurrikan bewegt sich auf uns zu.«

Nate kniff im Sturm und Regen die Augen zusammen. Der Kopf tat ihm schrecklich weh, sein Bauch fühlte sich an, als ob er mit lebendigen Fischen gefüllt wäre, und jeder Blitz machte aus seinen Knochen Wackelpudding. Es wäre einfach gewesen, vom Rad zu steigen, in die Sicherheit des Gebäudes zu flüchten und sich vom Großvater trösten zu lassen.

Er schaute das Haus und den Jungen an, der klatschnass dastand und ihm die Hand freundlich entgegenstreckte.

Nate straffte seine Schultern und setzte die Füße auf die Pedale. »Ich kann nicht, Ricky«, sagte er. »Gen braucht die Schildkröten und ich brauche Gen.«

Jetzt fuhr er in das wilde Herz des Sturms hinein. Der Wind blies so kräftig und der Regen peitschte so heftig, dass Nate nicht mehr sagen konnte, wo er selbst begann und der Sturm endete. Die Palmen bogen sich fast bis zur Erde. Der Plastikstuhl von Mr Billy flog über die Straße und zerschmetterte das Schaufenster von Jeans Drugstore. Ein Stromkabel riss und sprühte Funken.

»Bitte!«, flehte er irgendwelche Mächte an, die in dieser Nacht unterwegs waren. »Helft mir, Gen zu finden!«

Genesis Beam stemmte sich mit aller Macht gegen den Wind. Manchmal blieb sie stehen, um sich bei einem besonders kräftigen Windstoß an einen Baum zu klammern. Im strömenden Regen sah sie endlich das Schild der Wohnwagensiedlung Magnolie. Nur hatte der Sturm inzwischen die meisten Buchstaben abgerissen. Jetzt war nur noch OH SIE MAG LIE zu lesen. »Heiliger Einstein!«

Gen kämpfte sich bis zum Wohnmobil von Nates Großvater vor und rechnete sich die Chancen aus, dass die beiden noch zu Hause waren. Das Ergebnis war (mehr oder weniger) eine Million zu eins. Sie hatte sie nicht im Rathaus gesehen, und Nate war der Einzige, der etwas von Schildkröten verstand.

Sie schickte ein Gebet himmelwärts und sagte: »Bitte lass sie da sein!« Aber sobald sie sah, dass die Tür weit offen stand, wusste sie, dass ihr Gebet nicht erhört worden war.

»Verflixt.« Die arme Gen war völlig erschöpft und nass bis auf die Knochen. Mondweiße Blütenblätter der duftenden Magnolie wirbelten wie Engelsflügel um sie herum.

Plötzlich legte sich der Sturm und die Wolken teilten sich. Sie blickte nach oben und sah, dass der Mond auf sie herunterspähte. Ihr Gen-Verstand sagte ihr, dass das Auge des Sturms vorüberzog und dass es ein rein meteorologisches Phänomen war. Aber für einen kurzen Moment schaute sie in das Gesicht des Mondes – eines *blauen* Mondes! – und erlaubte sich, staunend zu verharren.

Ein Windspiel klimperte. Sie blinzelte. »Die Schildkröten!« Dann entdeckte sie einen großen Köder-Eimer unter dem Wohnwagen und zog ihn hervor. Sie rannte vom menschenleeren Park zum Strand. Wenn sie es zu den Eiern schaffte, bevor das Auge des Sturms vorbeigezogen war und der Sturm zurückkam, könnte sie die Schildkröteneier vielleicht retten.

Nate raste die Straße entlang, bis er vor dem Wohnmobil schlitternd zum Stehen kam. Die Tür stand offen. Der Sturm hatte die Stühle von der Veranda gefegt. Er ging schnell hinein und rief seine Freundin, weil er hoffte, dass sie sich in den Wagen geflüchtet hatte.

Er schaute in alle vier Räume, auch in sein eigenes

Zimmerchen. Keine Gen. »Verflixt und zugenäht!«, schimpfte er, als der Sturm wieder zu stöhnen begann. Donner grollte und Blitze zuckten.

Nate rieb seinen pochenden Kopf und befahl seinem rebellierenden Magen, er solle sich gefälligst benehmen. Er überprüfte schnell noch einmal, ob die Kaninchenpfote in seiner Tasche war, und steckte das gerahmte Foto seiner Eltern ins Hemd. Mit einem letzten Blick auf seinen eigenen Raum, den er, wie ihm plötzlich klar wurde, liebte, lief er wieder hinaus in den Sturm.

»Ich muss zu den Eiern!«, schrie Gen in den aufkommenden Sturm. Direkt über ihrem Kopf zuckte ein Blitz. Ein Windstoß drückte sie auf den feuchten Sand.

Genesis Beam, nicht nur das klügste Mädchen von ganz Franklin County, sondern auch das sturste, kroch schluchzend auf Händen und Knien weiter. »Ich kann es nicht! Ich kann es einfach nicht allein!«

Ein Blitz zuckte vorbei und traf den Mast eines Segelboots, das keine zehn Meter entfernt am Fuß ihrer und Nates Sanddüne gestrandet war. Gen standen die Haare zu Berge. Ihre Füße kitzelten.

Sie zitterte vor Angst und kniff die Augen zu. *Wie hat er es überlebt, von einer solchen Kraft – wenn auch nur indirekt – getroffen zu werden?*, fragte sie sich.

»Aber er *hat's* überlebt!«, schrie sie dem Sturm entgegen. Sie rappelte sich auf, packte den Eimer und machte sich auf den Weg zu den Schildkröteneiern.

Nate stand auf der höchsten Düne von Paradise Beach und suchte die Küste nach seiner Freundin ab. Zweimal warf ihn der Sturm in den Sand, aber er stand immer wieder auf. *Reiß dich zusammen, Sparky!*, befahl er sich selbst. *Reiß dich zusammen!*

Dann fing es ringsherum an zu blitzen. Es blitzte neben ihm, hinter ihm und vor ihm, als ob das Gewitter Maß nehmen wollte. Wie ein Hund, der sein verloren geglaubtes Herrchen sucht.

»Oh, mein Gott«, stöhnte er und fiel auf die Knie. »Ich kann nicht!«, schrie er und schlug die Hände vors Gesicht. »Ich kann es einfach nicht!«

Der Sturm war mit Macht zurückgekehrt. Hohe, von Gischt gekrönte Wellen schlugen so gewaltig auf den Strand ein, wie er es bisher nur selten erlebt hatte. Es blitzte, und fast im selben Augenblick brüllte der Donner über seinem Kopf. Der Wind kreischte.

»Nate! Nate!«

Oder war es gar nicht der Wind? Er blickte in die Richtung, aus der die Stimme gekommen war. Ein besonders greller Blitz machte das Ufer taghell.

Und dann sah er Gen, die sich an dem gestrandeten

Segelboot festkrallte. Wellen rollten höher und höher auf sie zu.

»Oh, Mann«, wimmerte er. »Sie kann doch nicht schwimmen. Gen!«, schrie er. »Halt dich fest, ich komme!« Er stürzte die Sanddüne hinunter und rannte zu seiner Freundin. Eine Bö erfasste ihn mit solcher Kraft, dass er später schwor, seine Füße hätten den Boden nicht berührt.

Nate schaute blinzelnd durch den strömenden Regen auf Gen, die mit einer Hand einen Eimer voll nassem Sand und weißen Schildkröteneiern festhielt und sich mit der anderen Hand an den Mast des Bootes klammerte. Wasser wirbelte um ihre Beine. »Wir müssen hier weg«, sagte er. »Wir müssen uns von dem eisernen Mast entfernen.«

Ein Blitz zuckte über ihren Köpfen.

»Ich weiß«, sagte Gen. »Metall ist ein natürlicher Stromleiter.« Sie streckte ihrem Freund den Eimer entgegen. »Aber schau!«, sagte sie, während der Regen ihr ins Gesicht peitschte. »Ich hab die Eier gerettet.«

Nate nahm den Eimer und hielt ihre Hand ganz fest. »Du bist die beste Freundin, die eine Schildkröte haben kann«, sagte er. Dann packte er ihre Hand noch fester. »Los, machen wir, dass wir wegkommen!«

Es krachte und blitzte grell und ein ohrenbetäubender Knall erschütterte die Erde. Nate spürte, wie eine nur allzu vertraute Hand ihn (wieder nicht eben sanft) am Arm packte, in die Luft wirbelte und von Gen wegschleuderte.

Kapitel 24

Als Letztes erinnerte Genesis Magnolia Beam sich daran, wie Nates Hand sich angefühlt hatte, als er ihre ergriff, und an den hellsten Blitz, den sie je gesehen hatte.

Dann spürte sie, dass sie von tausend Fäden, die so fein wie Spinnweben waren, in die Höhe gezogen wurde. Die Fäden zogen sie aus ihrer Brust, ihrem Bauch, ihren Armen und Beinen und am Ende mit dem *Blubb* einer Seifenblase aus ihrer Haut.

Plötzlich tanzten hundert Millionen winzige Lichter um sie herum. Gen dachte an das, was Nate erzählt hatte, als er aus dem Krankenhaus entlassen worden war: »Es war, als ob sich sämtliche Glühwürmchen von Amerika um mich versammelt hätten.«

Stimmt haargenau, dachte sie und schämte sich, dass sie sich damals über Nate lustig gemacht hatte. Die Lichter kitzelten ihre Arme, ihren Rücken und ihre Beine wie die Katzen zu Hause, wenn sich alle gleichzeitig an sie kuschelten. Sie fühlte sich ruhig und froh wie nie zuvor.

Ausnahmsweise wollte ihr Verstand keine logische Erklärung für das, was sie gerade erlebte. Es war ihr egal, ob es das Ergebnis neurologischer Fehlzündungen in ihrem Gehirn oder Zauberei war. Sie wollte nur, dass es immer und ewig so weiterging, und *Halleluja* singen.

Kapitel 25

Als Erstes merkte Nate, dass etwas Warmes und Dickes immer und immer wieder über seine Wange strich. Als Zweites wurde ihm der Geruch nach fauligem Fisch und Seegras bewusst, der sich wie heißer Atem in seinem Gesicht ausbreitete.

Er öffnete die Augen. Der Bürgermeister von Paradise Beach leckte ihm das Gesicht und wedelte vor Freude mit dem ganzen Körper.

Nate schlang die Arme um den Hals des Hundes und stemmte sich hoch. Zu seinem Erstaunen hatte der Wind nachgelassen. Der Regen peitschte den Strand nicht mehr aus, der Golf war ruhig wie eine Katze und der volle blaue Mond leuchtete. »Menschenskind«, sagte er leise. »Der Hurrikan ist weg.« Er schaute in das ergraute Gesicht des alten Hundes. »Wie kann das sein?«

Bevor der Bürgermeister antworten konnte, hörte Nate jemanden schreien: »Nate! Gen! Zum Kuckuck – wo seid ihr?«

Gen.

Nate kam staksend auf die Füße. Jeder Zentimeter seines Körpers brannte wie Feuer, vor allem sein Brustkorb. Er schaute auf seine leere Hand. »Gen?«

Das Licht des so seltenen blauen Mondes beleuchtete eine grauenerregende Szene: Gen, das klügste Mädchen in Franklin County und vielleicht sogar von ganz Florida, Gen, seine beste und treueste Freundin, lag wie ein zerknitterter Kleiderhaufen im Sand. Ihre nassen Sachen dampften.

»Gen!«, schrie er. Dann riss er sich zusammen und rannte los, stolperte und taumelte zum leblosen Körper seiner Freundin. Er drehte sie um. »Gen«, schluchzte er.

Ihre Augen – Augen, die auf einmal silbrig schimmerten – blickten staunend, ängstlich und freudig auf etwas Großes und Geheimnisvolles.

Nate wusste genau, wo sie war. Schließlich war er selbst vor ein paar Wochen dort gewesen. Er nahm seine Freundin, seine allerbeste Freundin auf Gottes grüner Erde, in die Arme und schüttelte sie. »Komm zurück, Gen!«, schluchzte er. »Bitte komm zurück! Du hast *mich* zurückgebracht, weißt du noch?«

Er legte sie auf den feuchten Sand, bog ihren Kopf nach hinten und hielt ihr die Nase zu – genau so, wie sie es mit ihm gemacht hatte. Dann blies er in ihren Mund. Einmal, zweimal, dreimal. Er drückte immer wieder auf ihre Brust. *Atmen, atmen, atmen. Pumpen, pumpen,*

pumpen. »Los, komm schon!«, bettelte er. *Atmen, atmen, atmen. Pumpen, pumpen, pumpen.*

Nate hörte etwas in der Ferne heulen. Rief er nach Gen oder klingelten seine Ohren? Dann sah er rote Blinklichter.

»Bitte, Gen«, sagte er mit tränenerstickter Stimme. »Komm zurück!«

Goofy ließ sich neben ihm auf den Sand sinken. »Mann, Nate!«, sagte er. »Die ganze Stadt hat dich gesucht.«

»Gen«, wimmerte Nate.

Goofys Blick fiel auf das Mädchen, das wie eine nasse Stoffpuppe im Sand lag. »Oh, mein Gott«, sagte er leise.

Dann hob Goofy, der größte Junge in der fünften Klasse, sie hoch, als ob sie gar nichts wiegen würde, und lief wie ein Wilder mit ihr zum Krankenwagen.

Der Bürgermeister bellte.

Nate versuchte zu stehen, aber seine Knie gaben nach. Er sank auf den Sand zurück und sein Kopf schien doch auf warmen Händen zu liegen.

Mühsam öffnete er die Augen und schaute in das liebste Gesicht, das er je gesehen hatte. Ein Gesicht, das wie die Wellen in der Nacht leuchtete, wie ein Delfin lächelte und Augen hatte, die so alt und klug blickten wie die einer Meeresschildkröte.

Er versuchte, über das Gesicht zu streichen. »Opa?«

Eine warme, kräftige Hand berührte seine Wange. »Bleib schön ruhig, Nathaniel, alles wird gut … wirklich gut.«

»Aber Gen«, sagte er, als ihn die Kraft verließ. »Was ist mit Gen?«

Nate glaubte, seinen Großvater etwas in weiter Ferne sagen zu hören. Er hörte den Bürgermeister bellen. *Ruff! Ruff! A-ruuuuh!*

»Gen«, sagte er leise.

Als das letzte flackernde Licht in Nates Körper verblasste, hörte er das Geräusch der Flossen von Hunderten von Schildkröten, die Paradise Beach entgegenruderten.

Kapitel 26

Nate wurde vom Gesang einer Spottdrossel geweckt, die im Magnolienbaum jubilierte. Er hörte Miss Trundle rufen. »Komm, Fluffy, komm, Kitty, Kitty, Kitty! Mama hat was Gutes für dich.« Er hörte den kleinen Jimmy Nguyen aufgeregt »Schau, was ich gefunden habe!« schreien. Und er hörte das Knurren und Heulen einer Kettensäge in der Nähe.

Er stützte sich auf einem Ellbogen ab und schaute sich in seinem winzigen Schlafraum um – in *seinem eigenen* Schlafzimmer, nicht im Krankenhaus. Er blickte auf seine Hände. Kein Verband. Er wackelte mit den Zehen. Alles funktionierte bestens.

Und dann hörte er seinen Großvater in der Küche schimpfen. Er schien fuchsteufelswild zu sein. »Du wertloses altes Ding! Warum bringst du nicht eine einzige Scheibe Toast zustande, ohne sie zu verkohlen?«

Nate setzte sich ruckartig auf. Er konnte hören! Obwohl ihn der Blitz wieder getroffen hatte, konnte er hören!

Er hatte die Spottdrossel, Miss Trundle, Jimmy Nguyen und jedes Wort seines Großvaters gehört.

»Opa!«, brüllte er.

Der Großvater riss die Tür auf und lief zu Nate ans Bett. Er nahm die Hand des Jungen in seine und sagte: »Willkommen zurück, mein Sohn.« Der Großvater grinste so breit und strahlend wie der Golf von Mexiko. »Ich dachte schon, du würdest bis Weihnachten schlafen.« Er strich Nate die Haare aus der Stirn.

Nate blickte von seinem Großvater zum Fenster. »Wie bin ich hierhergekommen?«

»Weißt du es denn nicht mehr?«

Er schüttelte den Kopf und bereute es sofort.

»Charles Bailey hat euch unten am Strand gefunden. Er hat mir gesagt, wo ihr seid, und ich hab dich zum Krankenwagen getragen. Inzwischen waren fast alle Leute am Strand, einschließlich Dr. Silverstein. Er hat dich gründlich untersucht. Wie es scheint, hat dich der Metallrahmen des Fotos, das du unter deinem Hemd hattest, vor dem Blitz gerettet. Wenn das kein Glück war! Du musstest nicht ins Krankenhaus. Sie haben nur Gen mitgenommen.«

Gen. Nates Herz fing an zu stottern. »Was ist mit ihr?«, fragte er krächzend. Er dachte an ihren leblosen Körper und ihre silbernen Augen, die ihn sehnsüchtig und staunend angeschaut hatten.

Der Großvater schüttelte den Kopf und fuhr sich mit der Hand über das Gesicht.

Nate hatte das Gefühl, dass seine Welt zusammenbrach. »Ist sie … ist sie tot, Opa?« Tränen liefen ihm über die Wangen.

Der Großvater ergriff Nates Hand. »Nein, mein Sohn, sie ist nicht tot. Die Ärzte haben gesagt, deine Reanimationsversuche haben ihr wahrscheinlich das Leben gerettet.«

Die Welt war wieder in Ordnung. Nate seufzte erleichtert.

»Aber sie hatte nicht so viel Glück wie du. Der Blitz hat sie direkt getroffen«, sagte der Großvater und schaute zur Seite, um dem hoffnungsvollen Blick des Jungen auszuweichen.

»Aber sie wird wieder gesund werden, oder?« Bis auf ein paar Verbrennungen und die Tatsache, dass er für kurze Zeit nichts hören konnte, war es ihm ja auch wieder gut gegangen. Jedenfalls so einigermaßen.

Der Großvater schluckte schwer. »Sie liegt im Koma, Nate.« Er wischte sich wieder die Augen. »Als sie ins Krankenhaus kam, wurde sie in ein künstliches Koma versetzt, damit ihr Gehirn heilen konnte. Jetzt wollen sie, dass sie wieder zu sich kommt, aber sie wacht einfach nicht auf!«

Nate warf die Decke zur Seite und versuchte, aus

dem Bett zu springen, aber seine Beine knickten ein. Der Großvater legte ihn wieder hin.

»Ich muss ins Krankenhaus!«, flehte er seinen Großvater an. »Vielleicht kann ich sie heilen, wenn ich sie anfasse, so, wie es beim *Lorbeerblatt,* deinem Auto und dem Toaster geklappt ...« Seine Stimme verlor sich, als der Großvater seinen Kopf auf das Kissen drückte.

»Du musst dich ausruhen, weiter nichts«, sagte der Großvater und zupfte an der Decke herum. »Außerdem hat der Sturm das Auto sonst wohin verschleppt, und wenn du mich fragst – ich weine ihm keine Träne nach. Und der Toaster verkohlt wieder das Brot.«

Nate wollte noch tausend Fragen stellen, aber zuerst müsste er den Großvater überreden, ihn zum Krankenhaus in Panama City zu fahren.

Wenn er nur die Augen offen halten könnte ...

Als Nate wieder aufwachte, duftete es köstlich. Es roch nicht nach verbranntem Toast oder gebratener Fleischwurst. Er schwang die Beine über den Bettrand und stellte sich vorsichtig hin. Der ganze Körper tat weh, aber dieses Mal blieben seine Beine stehen.

Vorsichtig folgte er seiner Nase den Flur entlang. Miss Trundle wuselte in der winzigen Küche umher und bereitete irgendwelche Köstlichkeiten zu.

Nates Magen knurrte.

Miss Trundle drehte sich blitzschnell um. »Oh, du bist wach!«, rief sie freudig aus. Dann runzelte sie die Stirn und klatschte in die Hände. »Zurück auf die Couch, junger Mann! Du sollst doch noch gar nicht auf sein.«

Nate rollte sich auf dem Sofa zusammen und sah zu, wie sie eine Backform mit Maisbrot aus dem Ofen holte. »Mmm …«, machte Nate und sog den Duft ein. »Das ist es also, was so gut riecht.«

Miss Trundle lächelte. Sie nahm zwei Teller aus dem Schrank. »Und es gibt auch noch meinen preisgekrönten Eintopf mit Meeresfrüchten.« Sie schöpfte den Eintopf in Suppenteller und bestrich Scheiben des Maisbrots mit Butter.

Nate stellte zwei Klapptische auf. Das Wasser lief ihm im Mund zusammen.

Sie aßen schweigend. Als sein Bauch sich anfühlte, als ob er gleich platzen würde, schob Nate seinen Teller zur Seite. »Miss Trundle«, sagte er, »ich muss unbedingt ins Krankenhaus und Gen besuchen.«

Sie seufzte. »Das arme, arme Kind.« Sie schüttelte den Kopf, sodass ihre Locken hüpften. »Die Ärzte wissen nicht, warum sie nicht aufwacht. Ihr Herz und alles scheint in Ordnung zu sein. Sie sagen, dass ihr Hirn wegen des Sauerstoffmangels vielleicht ein bisschen durcheinander ist, aber« – sie beugte sich zu Nate hinüber – »ganz im Vertrauen und unter uns gesagt, ich fand das Kind schon immer etwas – na, sagen wir – *seltsam.*«

»Aber ich muss sie sehen«, sagte Nate.

Miss Trundle stellte die Teller aufeinander. »Du bist nicht in der Verfassung, Nate, zum Krankenhaus zu fahren. Außerdem ist dein Großvater gerade dort und betet wahrscheinlich mit Pfarrer Beam. Etwas anderes kann man ja nicht tun.« Sie wickelte das Maisbrot in Alufolie. »Es heißt, es wäre ein Wunder, wenn sie unbeschadet aus dem Koma erwachen würde. Aber man kann nie wissen … denk bloß mal an den Hurrikan!«

»Was meinen Sie damit?«, fragte Nate.

Sie drehte sich zu ihm. »Es war ganz seltsam. Der Sturm traf Paradise Beach mit voller Kraft, genau so, wie man es vorausgesagt hatte. Aber dann verschwand er plötzlich wieder. Und hat so gut wie keine Schäden hinterlassen. Nur ein paar Bäume sind umgestürzt, und das neue Auto deines Großvaters ist weiß der Himmel wo – vielleicht in Sopchoppy.« Sie schüttelte den Kopf. »Aber niemand verletzt. Außer Gen.«

Am nächsten Morgen war Nate schon etwas kräftiger. Sein Körper fühlte sich nicht mehr so heiß an, es prickelte nur noch ein bisschen. »Ich muss unbedingt zu Gen«, sagte er zur Spottdrossel, der Magnolie und dem angesengten Foto seiner Eltern.

Der Großvater trank gerade seine dritte Tasse Kaffee und aß ein Stück von Miss Trundles Maisbrot.

»Guten Morgen, mein Junge. Wie geht es dir?«, fragte er mit besorgtem Blick.

»Gut«, sagte Nate. »Besser.«

Der Großvater setzte sich den blauen Sombrero auf. »Das ist fein. Ich muss nämlich zum Hafen und Big Jim mit ein paar Reparaturen helfen. Sein Bootssteg hat das meiste abgekriegt. Der Rest von uns hatte ziemliches Glück. Wir packen alle mit an.« Er fuhr sich mit der Hand über die Bartstoppeln. »Komisch, wie ein Hurrikan das Beste aus den Menschen herausholen kann.«

»Opa, wie geht es Gen? Ist sie inzwischen aufgewacht?«

Der Großvater seufzte. »Noch nicht.«

»Verflixt«, sagte Nate. »Das ist nicht gut, oder?«

Sein Großvater schüttelte den Kopf. Sein Blick war voller Sorge. »Nein, mein Sohn, das ist nicht gut. Die Ärzte sagen, je länger sie im Koma bleibt, desto unwahrscheinlicher ist es, dass sie aufwacht.«

Nate packte den Arm des alten Mannes. »Opa, ich *muss* einfach zu Gen! Kannst du mich nicht hinfahren?«

Der Großvater strich dem Jungen das wirre Haar aus der Stirn. »Ich muss zum Hafen, um zu helfen. Wir fahren gleich morgen früh zum Krankenhaus, okay?« Bevor

Nate antworten konnte, klopfte ihm der Großvater auf die Schulter und ging hinaus.

Es war aber *nicht* okay. »Ich muss *jetzt* zu ihr, nicht morgen!«, sagte Nate zum Toaster.

»Nur wie?«

Eine halbe Stunde später klopfte die Antwort an die Tür des Wohnwagens. Sie kam in Form eines großen Jungen mit einem Lächeln, das so warm und lieb war wie ein Hündchen.

»Hey, Nate!«, sagte Goofy. In seinen Armen hielt er den seetüchtigen Kater Mr Bowditch. »Wir dachten, du brauchst ein bisschen Gesellschaft.«

»Genau, Sparky.«

Nate blickte von Goofy auf den Kater und zwinkerte.

Goofy betrat den Wohnwagen. Ricky Sands folgte ihm auf den Fersen.

Nates Kinnlade fiel runter. Ricky Sands in *seinem* Wohnwagen? Und so natürlich, als ob er ständig vorbeikäme?

Ricky lächelte schief. »Mach den Mund lieber wieder zu, Sparky, sonst schwirrt 'ne Fliege rein!«

»Was macht ihr hier?«, fragte Nate. »Wieso seid ihr nicht in der Schule?«

»Diese Woche fällt die Schule aus«, sagte Ricky. »Ich musste einfach mal rüberkommen und mir die

Person angucken, die zweimal vom Blitz getroffen worden ist.«

»Wie stehen die Chancen, dass einem so was passiert? Wir sollten Gen fragen«, sagte Goofy.

Aus Nate kam es wie ein Wasserfall: »Ja, aber sie ist im Krankenhaus in Panama City und liegt im Koma und wacht einfach nicht auf, und die Ärzte sagen, wenn sie nicht bald wieder aufwacht, wacht sie wahrscheinlich nie mehr auf, und ich hab keine Möglichkeit, hinzufahren, und ich *muss* doch versuchen, sie zu wecken!« Er fiel wie ein Ballon, aus dem man die Luft rauslässt, auf dem Sofa in sich zusammen.

Ricky hielt einen glänzenden silbrigen Schlüssel hoch und lächelte. »Dann lass uns abdampfen!«

Kapitel 27

Nate saß zwischen Ricky und Goofy auf dem feinen Ledersitz eines kaum gebrauchten Lieferwagens. Mr Bowditch schnurrte auf seinem Schoß.

»Hast du denn schon einen Führerschein, Ricky?«, fragte er, als sie die Brücke nach Apalachicola überquerten.

Ricky zuckte mit den Achseln. »Nö, dafür bin ich noch zu jung. Ich kann aber fahren. Mein Opa hat mir beigebracht, sein Boot zu steuern, als ich neun war, und fast so lange kurve ich auf dem Gelände meines Vaters mit irgendwelchen Autos rum.« Er beugte sich vor und spähte durch die Windschutzscheibe. »Natürlich bin ich noch nie so weit gefahren.«

Goofy kraulte Mr Bowditch genau da am Kopf, wo es dem Kater am besten gefiel. »Wenn meine Mama erfährt, dass ich mit von der Partie bin, macht sie Hackfleisch aus mir.«

»Ich will aber nicht, dass Hackfleisch aus dir gemacht wird – aus keinem von euch«, sagte Nate.

»Kein Problem«, sagte Goofy. »Du und Gen seid meine besten Freunde.« Trotzdem duckte er sich, als sie am Piggly-Wiggly-Supermarkt vorbeifuhren, wo seine Mutter arbeitete.

»Meinen Eltern ist es egal, was ich mache«, murmelte Ricky.

»Goofy, woher wusstest du, dass ich auf der Suche nach Gen war?«, fragte Nate.

»Ricky«, sagte er und richtete sich auf. »Er hat mich geholt, nachdem er draußen mit dir geredet hatte. Dann fiel mir auf, dass Gen nicht da war.«

Nate nickte. »Aber wer hat euch gesagt, dass wir am Strand sind?«

»Der Bürgermeister.«

Die Schilder nach Port Saint Joe, Beacon Hill und Mexico Beach tauchten auf und verschwanden. Nate hatte keine Ahnung, was er tun würde, wenn sie ankämen. Wie sollte er herausfinden, in welchem Zimmer Gen lag? Würden ihre Eltern ihm erlauben, sie zu sehen? Er wusste, dass er eine Menge Ärger bekommen könnte, und fing an, Blut und Wasser zu schwitzen.

Eine Stunde, nachdem sie Paradise Beach verlassen hatten, fuhr Ricky das Auto auf einen Parkplatz vor dem Panama City Hospital. Er grinste Nate und Goofy an. »Wir haben es geschafft!« Sie klatschten sich alle ab.

»Geh du schon mal rein! Wir kommen gleich nach.«

In diesem Moment sah Nate, dass Rickys Fingerknöchel kalkweiß waren. Er berührte Rickys Arm. »Das hast du gut gemacht, Ricky. Dein Vater wäre stolz darauf, wie gut du gefahren bist.«

Die helle Beleuchtung und der antiseptische Geruch des Krankenhauses brachten schlagartig viele Erinnerungen zurück, aber keine guten. Seine Narben brannten. Sein Kopf brummte. Ihm wäre plötzlich nichts lieber gewesen, als das Gebäude zu verlassen und wieder nach Hause zu fahren. Aber Gen war hier irgendwo und er wollte sie unbedingt sehen.

Nate nahm seinen ganzen zweimal erprobten Mut zusammen, straffte die Schultern und ging zum Empfang. Eine Frau mit einer kleinen Brille, die auf der Spitze ihrer langen Nase saß, blickte auf, als er sich räusperte. »Ich möchte eine Patientin besuchen«, sagte Nate so selbstbewusst, wie er konnte.

Die Krankenschwester musterte ihn mit zusammengekniffenen Augen. »So, so. Und wer ist diese Patientin?«

»Gen. Ich meine Genesis Beam. Ich glaube, sie wurde vor drei Tagen eingeliefert.«

Die Frau tippte auf den Tasten ihres Computers herum. »Beam, Beam …«, murmelte sie kaum hörbar.

Nate trommelte mit den Fingern auf dem Schreibtisch herum. Wie viele Genesis Beams mochte es wohl geben? Vor allem solche, die vom Blitz getroffen worden waren.

»Genesis Beam«, verkündete die Krankenschwester, als ob sie den Namen gerade erfunden hätte. »Hier haben wir sie. Die Kleine, in die der Blitz gefahren ist. Das arme Ding.«

»Ja«, sagte Nate. »Ich möchte sie sehen, aber ich weiß nicht, welche Zimmernummer sie hat.«

Die Krankenschwester sah Nate an. Dann blickte sie nach links und rechts und geradeaus.

»Wo sind deine Eltern? Minderjährige dürfen ohne Erwachsene keine Patienten besuchen.« Sie verschränkte die Arme energisch vor ihrer Brust.

Nate leckte sich die Lippen. »Also, ähm, meine Eltern sind schon da. Ich weiß nur die Zimmernummer nicht.« Er versuchte, einen Blick auf den Bildschirm zu erhaschen.

»Wenn deine Eltern schon da sind – wie bist du dann hergekommen?«

Nate schluckte. Die Sache lief nicht gut. Gar nicht gut. »Also, sehen Sie, ich –«

Im selben Augenblick kamen Goofy und Ricky angelaufen. »Tut uns leid, dass es so lang gedauert hat, Nate«, sagte Ricky.

Die Augen der Krankenschwester wurden zu Schlitzen. »Und wer seid *ihr*?«

Ricky baute sich in seiner ganzen Körpergröße von einem Meter und achtundfünfzig Zentimetern vor der Krankenschwester hinter dem Schreibtisch auf, beugte sich dann herunter und sagte: »Ich bin Ricky Sands. Mein Vater ist der Besitzer des Gebraucht- und Neuwagenhandels Crystal Sands in Paradise Beach. Den kennen Sie bestimmt.«

Die Krankenschwester runzelte die Stirn und warf Goofy einen strengen Blick zu. »Und du?«

Goofy lächelte. »Ich bin Charles Bailey, Madam, und das hier ist Mr Bowditch.« Als der Kater seinen Namen hörte, streckte er den Kopf aus dem Hemd des großen Jungen.

Die Augen der Krankenschwester wurden groß. »Ist das eine *Katze*?«, fragte sie in einem Ton, der darauf hindeutete, dass sie Katzen nicht besonders mochte.

Goofy schaute auf den kleinen pelzigen Kopf und die Pfoten, die aus seinem Hemd ragten. Er legte die Stirn in Falten. »Ja, sicher, Madam.« Mr Bowditch zuckte mit seiner kleinen rosa Nase und den Schnurrbarthaaren.

»Junger Mann, Tiere sind im Krankenhaus ausdrücklich verboten.« Sie zeigte mit dem Finger auf die gläsernen Schiebetüren. »Du musst es auf der Stelle entfernen!«

Goofys Dackelfalten wurden tiefer. »Madam, Mr Bowditch ist ein *er*, kein *es*. Und –«

Die Krankenschwester erhob sich mit wutverzerrtem Gesicht. Sie stemmte ihre Fäuste in die Taille. »Es ist mir egal, *was* es ist! Nimm die Katze –«

Die Schwester hatte Nate eindeutig vergessen. Er spähte um den Bildschirm herum und konnte die Nummer 317 erkennen.

Die Krankenschwester wandte sich wieder an Nate und wollte ihm gerade erklären, dass sie genug von all dem Unsinn hatte, als Mr Bowditch beschloss, dass *er* von der viel zu warmen Enge unter Goofys Hemd genug hatte. Mit einem einzigen anmutigen Satz sprang er auf den Schreibtisch.

Die Schwester schnappte nach Luft. »Nimm die Katze von meinem Schreibtisch!« Sie wedelte mit den Händen vor Mr Bowditch herum. »Sch! Sch! Weg hier!«

Türen flogen auf. Leute streckten Köpfe heraus, um zu sehen, woher der Lärm kam.

»Lauf, Nate!«, zischte Ricky.

Im Chaos rannte Nate zum Aufzug und flitzte hinein. Während sich die Tür schloss, hörte er Goofy »Komm zurück, Mr Bowditch! Komm zurück!« rufen.

Er sah sich die verschiedenen Knöpfe an. Instinktiv drückte er die Taste für das dritte Stockwerk und hoffte inständig, dass er Gens Zimmer finden würde.

Nate betrat den Flur. Die Stationsschwester telefonierte. »*Was* ist unten los?«, hörte er sie fragen.

Er ging den Korridor entlang und suchte die Zimmernummer 317. Drei-eins-eins. Drei-eins-drei. Drei-eins-vier. Drei-eins-fünf.

Und dann stand er davor: Zimmer 317. Er machte die Tür auf.

Der Anblick, der ihn empfing, war folgender: Das Zimmer war dunkel, die Vorhänge zugezogen. Ein Monitor mit vielen Lampen und hellen Linien stand piepsend in einer Ecke des Raumes. Eine kleine Gestalt lag reglos unter einer schneeweißen Decke. Und neben der Gestalt saß Pfarrer Beam, vornübergebeugt, den Kopf in seinen Händen vergraben.

Nate machte die Tür hinter sich zu und ging zu dem traurigen Mann. Er berührte seine Schulter. »Hey«, sagte er leise.

Der Pfarrer blickte auf. Seine Augen waren groß und feucht.

Wenn Nate nicht gewusst hätte, dass der Mann Pfarrer Beam war, hätte er ihn nicht erkannt. Das Gesicht, das zu ihm hochschaute, war ihm fremd. Es strahlte nicht die Hoffnung und die Sicherheit aus, auf die er bauen konnte. Es war nicht das Gesicht, das immer so humorvoll und freundlich war und das er fast so gern hatte wie das wettergegerbte seines Großvaters. Es war das Gesicht eines geschlagenen Mannes.

»Nate«, sagte der Pfarrer. »Du bist hier?«

Nate wollte lächeln, aber seine Gesichtsmuskeln weigerten sich. »Ja, ich bin hier.«

Der Pfarrer blinzelte, als ob er eben erst aufgewacht wäre. Er fuhr sich mit der Hand über die Augen und sah sich um. »Ein schönes Zimmer. Die Leute sind sehr nett zu uns.« Er nickte.

»Ja«, sagte Nate. »Wo ist Mrs Beam?«

Der Pfarrer schaute sich wieder im Krankenzimmer um, als ob er sich das Gleiche fragte. Dann sagte er: »Sie ist runter in die Cafeteria gegangen, um nachzusehen, ob es Leberwurst und Roggenbrot gibt. Sie dachte, wenn Gen ihre Lieblingsspeise riecht, wacht sie vielleicht auf und …« Er sah zerknirscht aus.

»Ich bin jetzt da. Warum machen Sie nicht eine kleine Pause und trinken einen Kaffee oder so was?«

Der Pfarrer erhob sich. Ein winziges Licht flackerte in seinen Augen auf. »Ich suche meine Frau. Ist es okay, wenn ich für ein paar Minuten weg bin?« Er beugte sich über seine Tochter und streichelte ihre Wange. »Ich bin gleich wieder da. Versprochen.«

Die Tür schloss sich leise. Der Monitor piepste.

Zum ersten Mal konnte Nate Gen richtig anschauen. Ohne Brille sah ihr Gesicht klein und verletzlich aus. Spinnwebartige Brandwunden breiteten sich über ihrem Unterkiefer aus. Ihr rechter Arm und ihre rechte Hand lagen unter Verbänden verborgen.

Am meisten berührten ihn aber die fehlenden Augenbrauen. Sie waren vollkommen verschwunden. Die Augenbrauen, die Mrs Beam immer solche Sorgen gemacht hatten, weil Gen ständig daran herumzupfte, hatten sich durch den Blitzschlag in Luft aufgelöst.

»Oh, Gen«, sagte Nate.

Er setzte sich auf den Stuhl neben dem Bett seiner besten Freundin. Dann erzählte er ihr alles, was ihm einfiel – wie der Blitz sie im gleichen Moment getroffen hatte, als er ihre Hand ergriff, und wie ihn der Druck mindestens zwei Meter weit über den Strand geschleudert hatte. Wie der Bürgermeister ihn am Strand gefunden und in die Welt zurückgeholt hatte. Wie er sich alle Mühe gegeben hatte, Gen wiederzubeleben – genauso, wie sie es mit ihm gemacht hatte.

Nate erzählte Gen, wie er am folgenden Tag im eigenen Bett aufgewacht war und gestaunt hatte, dass er noch lebte. Und was für ein Wunder es gewesen war – ein *wahres* Wunder –, dass das gerahmte Foto seiner verstorbenen Eltern ihn gerettet hatte.

»Ich dachte, ich bin der glücklichste Junge auf der ganzen Welt«, sagte er. »Bis Opa mir sagte, dass du im Krankenhaus liegst und nicht aufwachst.«

Er holte tief Luft. »Ich wusste, dass ich herkommen und versuchen müsste, dich in Ordnung zu bringen – genauso, wie ich das mit der *Lorbeerblatt* und Opas Auto geschafft habe.« Er wischte sich die Nase. »Okay, *vielleicht* habe ich es geschafft. Oder es war nur Zufall, wie du immer gesagt hast.«

Das Mädchen lag so still da wie der Mond.

Nate seufzte. »Hier bin ich also, Gen, und ich hoffe sehr, dass der Blitz mir nicht das Glück weggenommen hat.« Er holte wieder tief Luft, schloss die Augen und legte seine Hände auf ihren heilen Arm. Nichts.

»Komm schon, Gen!«, flehte er sie an und drückte den Arm noch fester.

Die einzige Bewegung war das Heben und Senken ihrer Brust.

»Mann!«, sagte Nate verzweifelt. Er spürte, wie der verbrannte Toast in seinem Hals nach oben kletterte. »Dann habe ich also doch kein Glück mehr.«

Er nahm die verbundene Hand in seine vernarbte und flüsterte Gen ins Ohr: »Ich weiß genau, wo du warst, Genesis Magnolia Beam, und ich weiß, wie wunderbar es sich anfühlt. Es tut mir leid, dass ich dich zurückgeholt habe, aber …« Seine Stimme kippte und verstummte kurz. »Vielleicht bist du ja noch dort und willst nicht zurückkommen, aber ich brauch dich, Gen! Und die Schildkröten brauchen dich doch auch. Du bist unsere beste Freundin.«

Es piepste und eine der grünen Zickzacklinien auf dem Monitor machte einen Satz.

»Ich brauche das klügste Mädchen in ganz Franklin County, um mir zu sagen, wie dumm es ist, an Glück zu glauben. Ich brauch dich, damit du mir sagst, wie die Chancen stehen, dass im Frühjahr ein Hurrikan kommt und dass zwei Menschen gleichzeitig vom Blitz getroffen werden.«

Stille.

Nate presste sein Gesicht in seinen Arm. »Gen! Mach schon! Komm zurück! Irre und Loser halten zusammen, durch dick und dünn.«

»Amen«, sagte eine raue Stimme.

Nate riss die Augen auf. Genesis Beam, seine beste Freundin, sah ihn an, als ob sie von ganz weit oben auf ihn herabschaute.

Sie lächelte. Es war nur eine winzige Bewegung ihrer Mundwinkel.

»Hey, Gen«, sagte er mit einem Grinsen, das sein Gesicht in zwei Hälften teilte.

»Hey, Nathaniel«, sagte sie. Die Fingerspitzen, die aus ihrer verbundenen Hand guckten, kribbelten in seiner Faust wie kleine brennende Kohlebrocken.

Die Tür flog auf. Pfarrer Beam rauschte herein, gefolgt von seiner Frau. »Es tut mir leid, dass es so lang gedauert hat, Nate. In der Cafeteria lief so eine verrückte Katze herum und –«

»Hey, Daddy«, sagte Gen.

Zum ersten Mal in der Geschichte des Himmels und der Erde war der gute Pfarrer Beam vollkommen sprachlos. Mrs Beam ließ den Teller mit der Leberwurst auf dem Roggenbrot fallen.

»Lieber, lieber Gott«, wisperte Mrs Beam und presste die Hände auf den Mund. »Mein Baby ist wach.«

Nate ließ Gens Hand los und trat auf die Seite. Der Pfarrer und seine Frau nahmen ihre Tochter in die Arme und weinten.

Und zum ersten Mal in all den Jahren – solange er Genesis Beam kannte – sah er Tränen aus ihren Augen fließen.

Augen, die auf unerklärliche Weise für immer silberfarben geworden waren.

Kapitel 28

Einige Tage später saß Nate wieder an Gens Bett im Panama City Hospital. Dieses Mal war die Fahrt von Paradise Beach mit seinem Großvater im alten Alfred nicht so aufregend gewesen.

Keiner seiner Freunde war dabei gewesen. Rickys Vater hatte seinem Sohn bis zum dreißigsten Lebensjahr Hausarrest erteilt und Goofys Mutter hatte tatsächlich Hackfleisch aus ihm gemacht. Jedenfalls beinahe.

»Stimmt es, dass du morgen nach Hause darfst?«, fragte Nate.

»Ja«, sagte sie lächelnd. »Ich kann es kaum erwarten.«

Er nickte und dachte daran, wie wunderbar es gewesen war, wieder in dem kleinen Wohnwagen, seinem eigenen Zimmer und seinem eigenen Bett zu sein.

»Natürlich kann ich nicht mehr aufs Dach klettern und nach meiner Wetterstation sehen. Zumindest nicht für eine Weile.« Sie nickte in Richtung Rollstuhl, der in einer Ecke auf sie wartete.

Nate zuckte jedes Mal, wenn er hinschaute, zusammen.

Er hatte wirklich Glück gehabt, dass er nicht wie Gen direkt vom Blitz getroffen worden war.

»Ich muss ihn nur für ein paar Wochen benutzen«, sagte sie, als hätte sie seine Gedanken gelesen. »Es ist keine große Sache.« Und um das Thema zu wechseln, fragte sie: »Irgendwelche Spuren von den Schildkröten?«

Er grinste. »Jede Menge! Sie kommen in Scharen!«

Gen zwirbelte die Bettdecke mit ihrer heilen Hand herum. »Und ich bin nicht da, um mich um sie zu kümmern. Was passiert mit ihnen, Nathaniel?«

Er lächelte wieder und reichte ihr die neueste Ausgabe des *Paradise Beach Herald*. Die Schlagzeile verkündete: WUNDER RETTET KINDER NACH BLITZSCHLAG UND STADT VOR HURRIKAN!

Und gleich darunter war eine etwas kleiner gedruckte Überschrift, auf die er mit dem Finger zeigte: STADT EHRT BLITZMÄDCHEN, INDEM SIE SCHILDKRÖTEN SCHÜTZT.

Gen kniff die Augen zusammen, um die verschwommenen Buchstaben lesen zu können. »Ich kann es nicht erwarten, bis ich meine neue Brille bekomme. Kannst du mir das mal vorlesen?«

Nate räusperte sich und las: »Alle Einwohner von Paradise Beach wissen, wie sehr Genesis Beam, die Tochter von Pfarrer und Mrs Beam, Meeresschildkröten liebt.

Sie hat die Schildkrötenregeln erfunden und ist die selbst ernannte Beschützerin dieser reptilischen Wanderer, wenn sie in jedem Jahr unsere Küste besuchen, um ihre Eier abzulegen. Aber keiner wusste, wie sehr sie die Schildkröten liebte, bis der letzte (und unwahrscheinliche) Hurrikan zuschlug. Um Charles Bailey (12) zu zitieren: ›Sie liebt sie so sehr, dass sie fast umkam!‹

Miss Beam riskierte ihr Leben mitten im Hurrikan Priscilla, indem sie zum Strand lief und die einzigen Schildkröteneier, die abgelegt worden waren, (mit einem Ködereimer) einzusammeln. Während ihres tapferen Versuchs, die Eier zu retten, wurde Miss Beam vom Blitz getroffen.

Aufgrund der Tapferkeit und Hingabe dieses jungen Mädchens zum Wohle der Schildkröten, richtet die Stadt ihr zu Ehren eine Schildkröten-Wache ein. Der Garten- und Verschönerungs-Verein von Paradise Beach sowie Miss Ruth Beam (6), Tochter von Pfarrer und Mrs Beam, organisieren diese Veranstaltung. ›Wir brauchen Leute, die an den Stränden entlanggehen, um Schildkröten-Nester und -Spuren zu suchen und die Schildkrötenregeln von Genesis durchzusetzen‹, erklärte Mrs Belk, Präsidentin des Garten- und Verschönerungs-Vereins. ›Wir brauchen alle Mann an Deck‹, sagte Big Jim Sands, Kapitän der *Dixie Queen*. ›Das ist es, was sich das kleine Mädchen wünscht.‹

Hansons Haushaltswaren stellt denjenigen Taschenlampen und Batterien zur Verfügung, die keine haben, und Dick McHarg, Eigentümer des *Sandfloh*-Motels, bietet allen, die Abendschichten der Wache übernehmen, kostenlos heiße Schokolade an. ›Ich bin stolz darauf, das zu tun‹, sagte er, ›denn es ist ein Riesenglück, dass die Schildkröten jedes Jahr zu uns kommen.‹ Wie recht er hat!«

»Wow«, sagte Gen leise. »So viele Leute wollen wegen mir den Schildkröten helfen?«

»Ja, klar«, sagte Nate. »Ricky, Connor und Buddy und der ganze Gemeinderat helfen auch.«

Gen schüttelte staunend den Kopf. »Vielleicht sind sie doch keine Banausen.«

»Oh, und mein Lehrer, Mr Peck, gibt allen, die helfen, gute Noten, und Miss Lillian schreibt extra ein Gedicht. Es wird sogar davon geredet, in Zukunft jedes Jahr ein Schildkrötenfest zu veranstalten.«

»Jetzt gehören die Schildkröten wohl nicht mehr nur dir und mir«, sagte Gen. »Wer hätte das gedacht?«

»Es ist ein Wunder, genau wie bei meinen Schuhen«, sagte Nate und streckte die Beine aus. Er klopfte mit der Spitze eines roten Basketballschuhs an die andere Spitze.

Gen schüttelte den Kopf. »Ich kann es immer noch nicht glauben, dass du den anderen Schuh gestern neben dem Highway 98 gefunden hast.« Sie hob die Hand, um an einer der verschwundenen Augenbrauen zu zupfen. »Ich kann mir die Chancen für so etwas unmöglich ausrechnen.«

»Hey«, sagte er. »Ich wollte dich fragen – wie stehen eigentlich die Chancen, dass ein Mensch *zweimal* vom Blitz getroffen wird?«

Gen war sofort hellwach. »Moment mal – wenn die Chancen, dass jemand einmal vom Blitz getroffen wird, ungefähr eins zu sechshundertfünfzigtausend stehen und man das mit ...« Sie runzelte die Stirn und schrieb auf einer unsichtbaren Wandtafel.

»Dreihundertsechzig Milliarden«, antwortete Nate.

Gen fiel die Kinnlade runter.

Nate zwinkerte und fragte: »Wer hat das gesagt?«

»*Du!*«, sagte sie und schnappte nach Luft. »Woher hast du das gewusst?«

Er schüttelte den Kopf. »Keine Ahnung. Es ist mir einfach so eingefallen. Aber wie?«

Nate wartete darauf, dass seine Freundin, die an dieser Information ganz offensichtlich wie ein Hund an einem besonders fleischigen Knochen herumnagte, eine wissenschaftliche Erklärung für dieses Phänomen abgab. Energieübertragung? Eine Verschiebung der magnetischen Pole vielleicht?

Gen zuckte mit den Achseln und lächelte. Sie schaute

aus ihrem Krankenhausfenster in den Abendhimmel, der so lavendelblau wurde wie der Lieblingshut ihrer Mutter. »Zauberei, nehme ich an.«

Kapitel 29

Eine Woche später trafen sich die Einwohner von Paradise Beach wieder im Billy-Bowlegs-Park zum Fischessen. Obwohl die Gemeinden der drei Kirchen und einer Synagoge das Ereignis als Spendenaktion für die Familie des Pfarrers Beam organisiert hatten, waren sich alle einig, dass gleichzeitig das Glück der Stadt gefeiert werden sollte.

Wieder einmal stöhnten die Tische unter dem enormen Gewicht der Salate, Eintöpfe, Suppen, Berge von Keksen, Maisbrote und natürlich Maisklößchen. Die Männer und Frauen der drei Kirchengemeinden und der Synagoge hatten sich dieses Mal wirklich selbst übertroffen.

Der Großvater und Pfarrer Beam standen an den Kesseln mit den brutzelnden Fischen und Maisklößchen. Goofy Bailey, Ricky Sands und Jinx Malloy schenkten einen Becher nach dem anderen aus. Es gab Limonade und Eistee.

»Hey, Sparky«, sagte Jinx, als sie für Nate Limonade

in einen Becher goss. »Wenn alle fertig gegessen haben, spielen wir Baseball. Machst du mit?«

Er zuckte mit den Achseln und umklammerte die Griffe von Gens Rollstuhl. »Ich glaube nicht, dass ich noch Glück habe«, sagte er und schmeckte immer noch den verbrannten Toast und die saure Milch.

Jinx schnaubte und warf die roten Zöpfe über ihre Schultern. »Ach was, ich hab sowieso nie an den Quatsch mit den goldenen Fingern geglaubt«, erklärte sie und nickte Gen zu. »Sie kann doch mitspielen. Wir können sie abwechselnd um die Bases schieben. Wir spielen ja sowieso nur zum Spaß.«

»Lieber nicht«, sagte Nate, rückte näher an seine Freundin heran und berührte ihren Arm. Er wusste ganz genau, dass man erstens den Ball schlagen musste, um die Bases umrunden zu dürfen, und dass Gen das zweitens niemals täte. »Ich glaube, wir –«

»Doch!«, schrie sie begeistert, was er von Genesis Beam überhaupt nicht kannte. Außerdem wusste jeder, dass sie seit dem Blitzschlag kicherte, laut und schallend lachte und verträumt in die Gegend blickte. »Wir spielen. Ich kann Receiver oder sogar Torfrau sein.«

Ricky stöhnte und Goofy lachte.

Die letzten Sonnenstrahlen warfen breite, funkelnde Lichtbalken über den Billy-Bowlegs-Park. Sie streiften die Möwen, die sich an den Abfalltonnen stritten, und ließen sich auf dem schlafenden Kopf von Brandon Sands nieder. Sie berührten die Schultern von Goofy, Jinx und Ricky, als sie ihre Baseballteams zusammenstellten. Sie wärmten den Rücken des Bürgermeisters von Paradise Beach, als er sich noch ein Maisklößchen erbettelte. Und sie blieben auf den breiten Schultern von Pfarrer Beam ruhen.

Alle wurden still, als er auf die Bühne kletterte und an das Mikrofon trat. Er räusperte sich und verschränkte die Hände. »Ich stehe vor euch, Freunde und Familie, als ein sehr dankbarer Mann. Ein sehr glücklicher Mann. Denn wir haben uns hier wieder versammelt, um nicht ein, nicht zwei, sondern *drei* Wunder zu feiern. Wir feiern, dass die Stadt die Wucht eines Hurrikans überlebt und kaum einen Kratzer abbekommen hat. Wir feiern das Wunder, dass zwei kostbare Kinder vom Blitz getroffen wurden und leben.« Der Pfarrer lächelte Nate und Gen liebevoll an. »Dafür werde ich ewig dankbar sein.«

»Amen«, murmelte die Menge.

Der Pfarrer kam noch einmal richtig in Fahrt. »Aber das größte Wunder von allen, das wir feiern, ist wirklich und wahrhaftig die Kraft und das Mitgefühl unserer Stadt.« Er breitete die Arme weit aus und schien die ganze Einwohnerschaft von Paradise Beach zu umfassen. »Wir feiern die Früchte unserer Arbeit und das

Wunder dieses Ortes, den wir Heimat nennen, und die Menschen, die unsere Freunde und Nachbarn sind. Und wir sind jeden Tag für alles, was wir haben, dankbar.«

»Amen«, sagte Gen leise. Sie hielt die verbundene Hand hoch. »Wie wär's?«, fragte sie lächelnd und hielt sie Nate zum Abklatschen hin.

Er grinste und legte sein narbige Hand sanft an ihre.

Es krachte gewaltig. »Los, Gen, los!«, schrien Nate und Jinx.

Genesis Magnolia Beam – das klügste Mädchen in Franklin County und vielleicht sogar in ganz Florida – ließ den Schläger fallen, der in ihrer Hand brannte. Goofy und Ricky liefen Schulter an Schulter los und fuhren sie von einer Base zur anderen. Gens silberfarbene Augen funkelten wie tausend winzige Lichter.

Und Nathaniel Harlow, den viele einmal für den größten Pechvogel von ganz Franklin County gehalten hatten, sah seinen Freunden mit einem Grinsen zu, das so breit und hell wie die Bucht und der Golf und das ganze Wasser dahinter war.

Er strich mit dem Daumen über die knubbelige Kaninchenpfote. Ja, es gab wirklich viel, wofür er dankbar sein musste. Die Schule würde in ein paar Tagen vorbei sein. Der ganze Sommer lag vor ihm wie eine nagelneue Welt: Tage draußen auf dem Golf mit seinem Großvater und der *Süßen Jodie*, auf Krabbenfang und Muschelsuche mit Goofy, Ricky und Jinx in der Bucht, und am Ende des Sommers würde die Stadt dafür sorgen, dass die jungen Schildkröten sicher hinaus ins Meer kämen.

Es würde auch schwierigere Dinge geben. Gen hatte einen langen Sommer mit viel Krankengymnastik vor sich. Die Ärzte versprachen, wenn sie hart an sich arbeitete (und wann hatte Genesis Beam nicht hart gearbeitet?), würden ihre Beine so gut wie neu sein. Und Nate versprach, dass er ihr dann das Fahrradfahren beibringen würde.

Und in diesem Augenblick, genau in diesem Moment würde er – falls ihn jemand gefragt hätte – sagen, dass er mit Sicherheit der glücklichste Junge in ganz Franklin County und höchstwahrscheinlich in ganz Florida war.

Danksagung

Obwohl ich der Meinung bin, dass ich in den letzten Jahren besonders viel Glück hatte, weil ich Geschichten schreiben und sie in die Welt bringen konnte, ist noch eine Menge mehr als Glück nötig! Wie Nate entdeckt hatte, ist das Wunder der Freundschaft und Gemeinschaft das, was uns wirklich glücklich macht.

Als Erstes möchte ich meiner wunderbaren und hartnäckigen Agentin Alyssa Eisner Henkin danken, die durch dick und dünn zu mir gehalten hat. Amen.

Ich hatte großes Glück (und, ja, ich bin reich gesegnet), Arthur A. Levine auch auf dieser Reise als Komplizen zu haben. Vielen, vielen Dank dem »Team Levine« dafür, dass sie das bestmögliche Buch aus dieser Geschichte gemacht haben: Nicholas Thomas, Kate Hurley, Elizabeth Starr Baer und Ellen Duda für ihre hinreißende Gestaltung.

Eine Bootsladung aus dem Herzen kommender Danksagungen an meine ersten Leser Jean Reagan, Lora Koehler, Chris Graham, Lisa Actor, Miss Bettis und

Molly O'Neill für ihr wertvolles Feedback. Ich hoffe, ihr könnt stolz auf mich sein!

Mein Berater in allen Dingen, die mit dem Fischen zu tun haben, war mein Stiefbruder, Kapitän Cliff Cox, und sein Boot, die *Sweet Jodie*. Danke, Kapitän!

Wie immer wäre nichts davon ohne Todd, meinem Glücksbringer, möglich gewesen.

Und zum Schluss möchte ich meiner Mutter dafür danken, dass sie mir die See geschenkt hat. Sie brachte mir die Magie des Golfes von Mexiko bei und ließ mich an ihrer Leidenschaft für seine vielen Schätze und Gaben teilhaben. Mama, ich bin vollkommen sicher, dass dein Geist in jedem Lächeln eines Delfins und jedem Flossenschlag einer Meeresschildkröte weiterlebt, die ans Ufer des Golfes rudert.

Neue Lieblingsbücher entdecken, in spannenden Leseproben stöbern, tolle Gewinne sichern und allerhand Lustiges und Wissenswertes erfahren – das bieten unsere neuen Newsletter für große und kleine Leseratten.
Kostenlos anmelden unter: www.thienemann-esslinger.de

FSC
www.fsc.org
MIX
Papier aus verantwortungsvollen Quellen
FSC® C014496

Pyron, Bobbie:
Plötzlich Glückspilz
ISBN 978 3 522 18406 9

Die Originalausgabe erscheint 2015 unter dem Titel *Lucky Strike* bei Arthur A. Levine Books, einem Imprint von Scholastic Inc., *Publishers since 1920.*
Text Copyright © 2015 by Bobbie Pyron
All rights reserved. No part of this publication may be reproduced, stored in a retrieval system, or transmitted in any form or by any means, electronic, mechanical, photocopying, recording, or otherwise, without written permission of the publisher.
Übersetzung: Gerda Bean
Lektorat der deutschen Ausgabe: Carola Henke
Umschlaggestaltung: Kerstin Schürmann, formlabor
Texttypografie und Satz: Kadja Gericke
Schrift: Palatino, Pacifico
Reproduktion: Medienfabrik, Stuttgart
Druck und Bindung: GGP Media GmbH, Pößneck
© der deutschsprachigen Ausgabe 2015 by Thienemann
in der Thienemann-Esslinger Verlag GmbH, Stuttgart
Printed in Germany. Alle Rechte vorbehalten.

Der weite Weg nach Hause

Bobbie Pyron
Verloren in der Wildnis
344 Seiten · Gebunden
ISBN 978-3-522-18314-7

Bei einem Unfall wird Abby schwer verletzt und ihr Hund Tam aus dem Wagen geschleudert. Alle kümmern sich nur um sie, keiner um Tam. Und dann ist er verschwunden. Doch die beiden sind beste Freunde, Abby hört nicht auf, nach Tam zu suchen. Und Tam kann Abby nicht vergessen. 600 Meilen streift er durch die Wildnis. Wochenlang, bei Eis und Schnee, hungernd und frierend. Aber er gibt nicht auf – er will zurück zu Abby!

THIENEMANN
Wir schreiben Geschichten!

www.thienemann.de